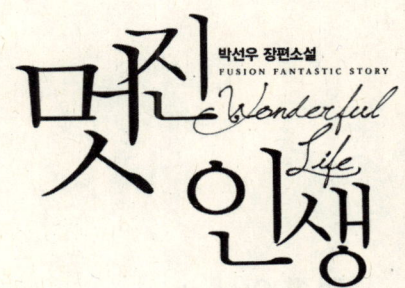

박선우 장편소설
FUSION FANTASTIC STORY

멋진 인생
Wonderful Life

멋진 인생 4
박선우 장편소설

초판 1쇄 찍은 날 § 2016년 6월 13일
초판 1쇄 펴낸 날 § 2016년 6월 20일

지은이 § 박선우
펴낸이 § 서경석

편집책임 § 이창진

펴낸곳 § 도서출판 청어람
등록번호 § 제387-1999-000006호
등록일자 § 1999. 5. 31
어람번호 § 제1-2458호

주소 § 경기도 부천시 원미구 부일로 483번길 40 서경B/D 3F (우) 14640
전화 § 032-656-4452 팩스 § 032-656-4453
http://www.chungeoram.com
E-mail § chungeorambook@daum.net

ⓒ 박선우, 2016

ISBN 979-11-04-90847-7 04810
ISBN 979-11-04-90758-6 (세트)

※ 파본은 구입하신 서점에서 교환하여 드립니다.
※ 저자와 협의하여 인지를 붙이지 않습니다.
※ 이 책은 도서출판 청어람과 저작자의 계약에 의해 출판된 것이므로,
  무단 전재 및 유포·공유를 금합니다.

박선우 장편소설
FUSION FANTASTIC STORY

멋진 인생
Wonderful Life

4

CONTENTS

28장 그녀의 마음 7
29장 여직원회의 비밀 57
30장 그대의 미소와 음악 81
31장 그녀가 사는 세상 117
32장 청혼 151
33장 결혼 187
34장 천하물산의 이단아 223
35장 승진계획서 249
36장 선물의 의미 273

제28장
그녀의 마음

유태희는 기획본부장의 방으로 걸어갔다.
자신의 감정이 무엇인지 알게 되기까지는 그리 오래 걸리지 않았다.
도대체 그가 누군지 알아야 했다.
왜? 무엇 때문에 기획본부장이 그를 기획실로 보냈는지를 알고 싶었고 그가 어떤 환경에서 어떻게 자란 사람인지 알아내야 했다.
누군가를 알고 싶다는 생각이 얼마 만인지 기억조차 나지 않는다.
분명히 그녀에게도 그런 순간이 있었다.
누군가를 그리워하고, 보고 싶어 잠자리에 들면서 베개를 끌어안았던 시절이.

아마 꿈 많던 여고생 시절이었을 것이다.

그때 그녀는 텔레비전에 나오는 미남 가수를 보면서 한 번만 만나게 해달라고 기도를 하곤 했었다.

하지만 세월이 지나 공부에 매달리면서부터 남자를 잊었다.

아니다, 잊었다기보다는 피했다는 것이 맞을 것이다.

그녀를 향해 접근해 온 남자들은 대부분 그녀가 가진 배경을 알고 있었다.

비굴함이 느껴졌고 순수함이 없어 보였다.

그랬기에 남자들에 대한 선입감이 점점 회의적으로 변하며 무의식적으로 남자를 피하게 되었다.

누군가는 오직 그녀만을 바라보며 접근해 왔을지도 모른다.

그러나 메마른 그녀의 가슴은 그런 남자들조차도 허락하지 않았다.

그런데… 이런 일이 생기고 말았다.

똑똑!

노크를 하자 안에서 근엄한 목소리가 들렸다.

"들어와요."

문을 열고 들어섰다.

그런 후 기획본부장을 향해 공손히 머리를 숙였다.

그러자 소파에 앉아 있던 기획본부장이 자리에서 벌떡 일어나며 그녀를 맞아들였다.

그녀의 실체를 아는 몇 안 되는 사람 중의 하나가 그였다.

"유 팀장이 어쩐 일이요?"
"본부장님께 물어보고 싶은 것이 있어서 왔습니다."
"나한테? 이거 갑자기 긴장되는데. 그래, 그게 뭐요?"
"아무리 긴장하셨어도 앉으란 소리는 하셔야죠. 이렇게 서서 말하면 다리 아프잖아요."
 유태희의 말에 본부장이 쓴웃음을 지었다.
 지금까지 유태희가 그의 방에 들어와서 소파에 앉겠다는 말을 한 적은 한 번도 없었다.
 그녀의 이야기가 길다는 뜻이었다.
 그랬기에 본부장의 얼굴에는 언뜻 긴장의 기색이 어렸다.
"내가 실수했네요. 긴장하다 보니. 자, 앉으세요. 커피 마실래요?"
"차는 됐습니다."
 오늘따라 유태희의 태도가 달랐다.
 기획실 일개 팀장의 자세가 아니다.
 그것이 기획본부장의 얼굴을 또다시 변하게 만들었다.
 도대체, 무슨 일일까?
 오너 일가로서 차기 대권 주자의 한 사람인 유태희가 지금까지 보여주었던 자세를 탈피하고 당당한 모습으로 자신을 대한다는 것은 뭔가 중요한 일이 생겼기 때문일 것이다.
 그랬기에 그는 신중한 목소리로 천천히 입을 열었다.
 지금 이 자리는 단순히 결재를 하는 것으로 오관하는 순간 치명상을 입게 될 수도 있기 때문이었다.

"그래 무슨 이야긴지 들어볼까요?"

"저는 박강호 씨에 대해서 알고 싶습니다. 본부장님께서 왜 그를 기획실로 보내셨는지 말입니다."

"…박강호 말이오. 그가 왜? 혹시 유 팀장한테 무슨 무례라도 저질렀소?"

"그런 건 아닙니다. 단순히 궁금했기 때문입니다."

"그의 이야기라면 조금 길어요. 그는……."

기획본부장은 작정을 하고 입을 열었다.

그리고 이 순간을 이용해서 유태희에게 천하그룹에 만연해 있는 학벌의 악습까지 꺼내 들었다.

길고 긴 박강호의 이야기는 그런 것들을 먼저 말한 후 시작되었다.

꽤나 긴 이야기.

그가 왜 박강호를 기획실로 보냈는지에 대한 이야기는 거의 30분간 지속된 후 끝났다.

그동안 묵묵히 이야기를 듣기만 했던 유태희의 입이 열린 것은 이제 자신의 말은 모두 끝났으니 용건을 말하라는 본부장의 시선을 받은 후였다.

하지만 유태희는 자신의 용건 대신 질문을 다시 던졌.

"천하물산 기획실은 뛰어난 인재만 들어오는 곳입니다. 그런 곳에 단순히 그룹이 지닌 악습을 타파하기 위해 사람을 들인다는 건 이해가 되지 않습니다."

"그는 뛰어난 젊은이요. 오백 대 일이 넘는 공채 시험에서 차석을 한 신입 사원이 기획실에 가지 못할 이유가 뭐가 있습니까?"

"…박강호 씨가 정말 차석을 했단 말인가요?"

"내 말이 믿기지 않으면 인사부에 확인해 보면 될 거 아니요."

"그렇다면 본부장님의 말씀이 이해가 되네요. 그런데 본부장님 면접에 참여한 상무들이 그렇게 반대했는데도 그를 합격시킨 다른 이유가 있나요?"

"있소."

"그게 뭔가요?"

"그의 눈에서 쏟아져 나오는 신념이 나를 감동시켰소. 그에게는 절박함이 담겨 있었어요. 어떤 일이 있어도 천하물산에 입사하고 싶다는 절박함 말이오. 나는 그의 눈을 보는 순간 그를 떨어뜨려서는 안 된다는 생각을 하게 되었어요."

처음에는 긴장한 눈으로 유태희를 바라보던 본부장의 시선이 어느새 차분하게 가라 앉아 있었다.

박강호에 대한 이야기를 하면서 유태희가 오너의 직계라는 사실을 잊었기 때문이었다.

그것은 어쩌면 이야기가 거의 끝나갈 무렵부터 오너 일가로서가 아니라 기획실의 팀장으로 돌아간 유태희의 태도 때문에 자연스럽게 생긴 건지도 몰랐다.

모든 이야기를 들은 유태희는 마지막으로 박강호가 자라온 환경에 대해서 물었다.

"인사기록카드로는 확인할 수 없어서 그러는데 본부장님 마지막으로 한 가지만 더 물을게요. 혹시 면접 보시면서 그가 어떻게 자랐는지 들으셨나요?"

"들었어요. 그는 어렵게 자랐더군요. 운전을 하는 아버지 밑에서 육남매 중 막내로 태어났다고 했습니다. 생활이 어려워 한때는 이틀이나 밥을 굶은 적도 있다는 말을 합디다."

"밥을 굶어요?"

"혼자 벌어서 육남매를 키웠으니 아마 그런 일은 비일비재로 벌어졌을 거요. 나도 어렵게 컸기 때문에 충분히 공감 가는 내용이었소."

자꾸 물었다.

이제는 됐겠지 했어도 유태희의 질문은 한동안 계속되었다.

박강호에 대한 모든 것을 알아내기라도 하려는 듯.

유태희가 오랜 질문을 끝내고 본부장을 향해 정중하게 인사를 하고 일어선 것은 본부장실에 들어선 지 거의 2시간이 지났을 때였다.

"본부장님, 오늘 말씀 고마웠어요. 실례한 점이 있다면 너그럽게 이해해 주세요. 그리고, 오늘 있었던 일은 비밀에 부쳐주시기를 부탁드립니다."

"알겠어요. 그런데 말이오, 정말 궁금해서 그러는데 왜 나한테 이런 질문을 했는지 알려줄 수 없겠소?"

"죄송합니다. 그건 말씀드릴 수가 없네요."

박강호는 윤선아와 함께 용인자연농원으로 향했다.

그동안 제대로 된 곳에서 데이트를 한 적이 없었기 때문에 윤선아의 제안에 박강호는 흔쾌히 동의했다.

버스를 타기 전부터 그녀는 무척이나 즐거운 얼굴이었다.

회사에 입사하면서 박강호는 수시로 야근을 해서 사무실이 가까웠음에도 평일에는 데이트를 한 적이 거의 없었다.

그녀도 회사 생활을 하기 때문에 박강호의 상황을 짐작했다.

더군다나 천하물산은 업무가 빡세기로 유명한 회사였으니 신입 사원인 박강호는 몸을 빼기가 힘들었을 것이다.

아마, 박강호의 성격도 한몫했겠지.

무시무시한 학벌을 지닌 사람들 속에서 버티기 위해 사랑하는 사람은 무진 애를 쓰며 남들보다 더 노력했을 것이 분명했다.

주말에 데이트를 했지만 야외로 나온 것은 처음이었다.

차가 없었기 때문에 대중교통을 이용해서 움직여야 했지만 박강호와 함께라면 어떤 것도 행복했다.

용인자연농원에 도착하자 동화책에 나올 법한 건물들이 줄지어 서 있었다.

전혀 생각하지 못했던 광경에 박강호는 입을 떡 벌렸고 윤선아는 꿈꾸듯이 아름다운 광경을 보며 연신 탄성을 흘려냈다.

"강호 씨, 정말 좋다. 오길 잘했어."

"어, 그래. 그런데 표를 저기서 사야 하나 봐. 잠깐 기다려, 갔다 올게."

구경에 정신없는 윤선아를 잠시 기다리게 하고 박강호는 매표소를 향해 다가갔다.

워낙 날씨가 좋은 주말이었기 때문인지 매표소는 사람들로 인산인해를 이루고 있었다.

이대로라면 표를 끊는 것으로도 족히 10분은 걸려야 할 것 같았다.

윤선아가 그의 곁으로 다가온 것은 혼자서 기다리는 것에 지쳤기 때문일 것이다.

"강호 씨, 표 끊고 나서 일단 밥부터 먹자. 벌써 12시가 넘었어."

"그래, 그런데 안에도 식당 있겠지?"

"그럼. 당연히 있지."

표를 끊고 손을 잡은 채 그들은 천천히 걸어 농원 안에 즐비하게 늘어선 식당으로 향했다.

정말 좋았다.

사람들이 붐벼서 한적함을 느낄 수 없었지만 사랑하는 사람과 푸르른 날에 이렇게 걸을 수 있다는 것은 하늘이 내린 축복이나 다름없었다.

무엇을 먹을까 고민하다 두 사람은 전주비빔밥집을 택했다.

안으로 들어서자 이곳에도 사람들로 북적였다.

간신히 자리를 잡고 앉아 비빔밥을 주문하자 생각과는 달리 금방 음식이 나왔다.

"그거 줘봐. 내가 비벼줄게."

윤선아가 박강호의 그릇을 자신 앞으로 가져가더니 고추장과 참기름을 넣고 숟가락을 양손으로 든 채 열심히 움직였다.
박강호는 그녀의 그런 모습을 보면서 맑게 웃었다.
예쁘다.
남자를 맛있게 먹이기 위해 노력하는 그녀의 모습은 세상에서 제일 아름다운 것이었다.
비빔밥을 먹으며 사람들에 대해서 이야기했고 농원에 배치되어 있는 건물들과 꽃들, 그리고 놀이 기구에 대해서 이야기했다.
모든 것이 그들에게는 즐거운 소재였다.
밥을 먹고 나와 중앙에 길게 난 길을 따라 걸었다.
길 양쪽에는 예쁜 꽃들과 쉽게 볼 수 없는 조경수들이 아름답게 치장되어 사람들을 맞아들이고 있었다.
"강호 씨, 우리 저거 탈까?"
윤선아가 가리킨 곳을 보자 까마득히 높은 곳까지 올라갈 수 있는 놀이 기구가 보였다.
빠르게 움직이는 것이 아니라 원통형 기구에 사람이 타면 기구가 올라가 농원의 전경을 바라볼 수 있는 것이었다.
사랑을 속삭이는 연인들에게는 더없이 좋은 놀이 기구로 보였다.
그랬기에 그들은 그곳으로 걸어가 서슴없이 놀이 기구를 탔다.
난생처음 타보는 놀이 기구였다.

그녀의 마음

긴장감을 줄 정도로 스피드가 있는 것이 아니었지만 처음이라는 건 언제나 생소함으로 가슴을 뛰게 만들었다.

원통형으로 만들어진 기구에는 네 사람이 탈 수 있는 자리가 마련되어 있었다.

하지만 그들은 나란히 앉아 기구를 타고 하늘로 올라갔다.

점점 다가오는 하늘.

마치 구름을 잡을 수 있을 것처럼 기구는 하늘을 향해 움직이며 농원의 정경을 한눈에 볼 수 있는 곳까지 치솟았다.

"강호 씨, 저기 하늘을 봐. 구름이 밑에서 본 것보다 훨씬 가까워진 것 같아."

"이렇게 선아랑 같이 있으니까 너무 좋다. 우리 저기 구름 위로 뛰어 올라가 볼까?"

"에이, 그걸 어떻게 해."

"왜 못 해. 내가 선아를 업고 올라가면 되지."

"호호, 알았어. 업어줘."

박강호의 농담에 옆에 앉아 있던 윤선아가 가슴을 내밀며 다가왔다.

그 모습에 박강호가 등 대신 손을 내밀었다.

그런 후 윤선아의 입술을 훔쳤다.

아무도 없는 이곳.

이곳에서는 누군가가 본다는 두려움 없이 마음껏 사랑을 나눌 수 있었다.

꿈처럼 행복했던 데이트를 마치고 두 사람은 헤어지기 전에 커피숍으로 들어갔다.

아쉬움은 잠깐의 이별도 쉽게 허락하지 않는다.

커피숍에 앉아 오늘 있었던 일들을 이야기하며 소곤소곤 대화를 나눴다.

한동안 이야기를 주고받던 박강호가 그녀의 손을 잡았다.

그녀의 손에는 그가 몇 달 전에 사준 금반지가 여전히 끼어져 있었다.

박강호는 천천히 그녀의 손에서 반지를 빼냈다.

그런 후 한참을 들여다보다가 다시 그녀의 손가락에 끼워줬다.

그가 데이트할 때마다 하는 버릇이었다.

윤선아는 말없이 박강호의 행동을 바라보다 슬며시 입을 열었다.

처음에는 장난인 줄 알았다.

두 번째도 세 번째도 그저 재미 삼아 하는 행동이라고만 생각했다.

그런데 박강호가 만날 때마다 그런 행동을 하자 점점 궁금증이 생겨났다.

그러나 물어볼까 몇 번을 생각하다가 겨우 참았다.

반지라는 의미가 가진 무거움이 박강호를 힘들게 만들지도 모른다는 생각 때문이었다.

시간이 갈수록 그녀의 마음은 점점 급해져 갔다.

나이는 찼고 회사에서는 그녀가 언제 결혼할지 내기까지 하고 있는 실정이었다.

그런데도 그녀는 박강호에게 아무런 말도 하지 못했다.

준비가 되지 않은 사람에게 자신의 입으로 결혼 이야기를 한다는 것은 차마 못할 짓이었다.

하지만 이제는 묻고 싶었다.

도대체 그녀가 낀 이 반지를 자꾸 빼내는 이유가 무엇인지를.

불안해지는 마음.

겨우 일주일에 한 번밖에 만나지 못하는 이 상황이 자꾸 불안해진다.

천하물산에는 똑똑하고 예쁜 여자들이 지천에 깔려 있다는 소리를 들었다.

뭘까?

이 사람이 자꾸 반지를 뺐다가 다시 끼워주는 이유가.

"강호 씨, 나 정말 궁금해서 그러는데 왜 만날 때마다 반지를 빼는 거야?"

"응? 아무것도 아냐."

"그러지 말고 솔직히 말해 줘. 나 불안해."

"왜 불안하지?"

"강호 씨가 반지를 영원히 그냥 가져갈까 봐."

"바보."

"말해줘, 강호 씨."

"내 행동이 너를 불안하게 만들었다면 미안해. 하지만 네가 생각하는 그런 건 절대 아니야."

"그럼 뭐야?"

"내 마음을 전하는 거야. 너에게 정식으로 청혼하지 못하는 내 마음. 그래서 너에게 내가 주었던 반지를 다시 끼워주는 거야. 좋은 반지를 마련해서 청혼할 때까지 잘 있어달라고. 내 마음은 너를 만날 때마다 청혼하고 싶은 마음으로 두근거려. 그래서 이렇게 마음속으로 그 반지를 다시 끼워주며 프러포즈를 하는 거야."

"강호 씨!"

4강전은 화요일 점심에 벌어졌다.

예선전 마지막 경기에서 워낙 맥없이 무너졌기 때문에 기획본부 직원들은 경기본부와의 본선 첫 경기를 불안한 눈으로 지켜보았다.

박강호가 빠진 상태에서 기획본부는 토목본부에게 2 : 0으로 졌다.

단순하게 진 것이 아니라 일방적으로 밀리는 경기를 보면서 연속된 승리에 도취되어 있던 기획본부 직원들은 실망에 찬 탄식을 계속해서 흘려낼 수밖에 없었다.

하지만 삼 일 후 벌어진 본선 4강전에서 최강자 중의 하나라는 경기본부를 상대로 기획본부는 우세한 경기를 지속하며 2 : 0으로 셧아웃시켜 버리는 기염을 토해냈다.

박강호가 돌아온 중원은 철통같았고 그의 킬패스를 받은 공격수들은 펄펄 날아다녔다.
그 경기에서 대외협력부장은 또다시 한 골을 추가하며 작년 우승 팀 직할본부의 스트라이커 문대성을 제치고 득점 선두로 치고 나갔다.
불안한 눈으로 지켜보던 기획본부의 여직원들은 응원가를 부르며 춤을 췄고 남직원들은 목이 터져라 함성을 질러 목이 쉴 정도였다.

"박강호 씨, 이거 마시고 해."
예산집행부의 이경영 차장이 지나가는 길에 박강호에게 다가와 음료수를 내밀었다.
그는 얼굴에 웃음을 짓고 있었는데 호의가 가득 들어 있었다.
하늘 같은 선배가 준 음료수를 받아 들고 박강호가 황송한 표정을 지었다.
"감사합니다. 잘 먹겠습니다."
"그래, 그리고 몸 생각하면서 일해. 우리의 히어로가 몸 상하면 안 되잖아."
"그러겠습니다."
"다음 경기 기대해도 되지?"
"열심히 하겠습니다."
"사람, 겸손하기는. 일해, 난 가볼 테니."

이경영이 박강호의 어깨를 툭툭 두들겨 준 후 자신의 자리로 돌아갔다.

하지만 그에게 왔다 간 사람은 그만이 아니었다.

4강전이 끝난 다음 날 기획실 직원들은 지나가면서 엄지손을 우뚝 들어 올리거나 한 마디씩 성원을 보냈고 심지어는 기획실에 볼일 있어서 왔던 재무처와 정보처의 직원들까지 박강호를 한 번씩 보고 갔다.

특히 괴로운 것은 여직원들의 관심이 너무나 뜨거웠다는 것이었다.

결혼을 한 고참들은 그나마 덜했지만 아직 혼전인 처녀들은 대놓고 빵이나 과자 같은 걸 들고 와 그를 당황하게 만들었다.

그걸 본 김문호는 연신 재미있다는 듯 웃음을 흘렸는데 여지없이 박강호를 놀려댔다.

"너 때문에 내 배가 터질 지경이다. 이러다가 우리 슈퍼마켓이라도 차려야 되는 거 아니냐?"

"과장님, 원래 축구 선수들에게는 이러나요?"

"이런 순진한 놈. 축구 선수라고 다 똑같은 줄 아냐. 너니까 이런 관심을 받은 거지."

"제가 왜요?"

"알면서 그러는 거야, 정말 몰라서 그러는 거냐. 너 혹시 은근히 즐기는 거 아냐?"

"주는 걸 거부할 수는 없잖습니까."

"그건 그렇지. 하지만 너무 관심이 뜨거워서 문제 아니겠어."

"계속 가져오면 어쩌죠?"

"하여간 큰일이다. 내가 봤을 때 다음 달에 있는 여직원 행사에서 너는 톱이 될 것 같구나."

"그게 뭔데요?"

"그런 거 있어. 지금 내가 여기서 너한테 사실을 말해주면 난 여직원들한테 찍혀서 직장 생활 못 한다. 그러니까 얌전히 앉아서 기다리기나 해."

시드를 받은 팀 중에서 탈락한 팀은 기획본부에게 진 경기본부가 유일했다.

직장에서 축구 잘하는 직원은 보배와 같기 때문에 축구 대회가 존재하는 한 발령을 내는 경우는 거의 없어 전력의 누수가 생기지 않는다.

그랬기에 작년에 뛰어난 성적을 보인 팀들이 4강에 대부분 올라왔다.

4강에 올라온 팀은 작년에 우승을 차지한 직할본부, 준우승팀 토목본부, 전통의 강호 경북본부와 기획본부로 정해졌다.

천하물산 직원들은 꼴찌에서 순식간에 태풍의 눈으로 떠오른 기획본부를 개천에서 용이 날아올랐다며 신기하게 생각했다.

박강호의 존재를 몰랐기 때문이었다.

다른 본부의 시합은 거의 관전하지 않기 때문에 그들은 박강호의 실력을 직접 눈으로 보지 못했다.

그러나 각 팀의 축구 선수들은 달랐다.

그들은 이번 시합에서 파란을 일으킨 기획본부를 요주의 팀으로 손꼽으며 경계심을 드러냈다.

박강호의 존재가 워낙 뛰어났기 때문이었다.

기획본부는 준결승 대진운이 좋아서 결승전까지 올라갈 확률도 높았다.

기획본부 전 직원이 이번 기회에 우승을 하자면서 한목소리로 성원을 아끼지 않은 것은 박강호의 존재와 대진표가 그들에게 최상으로 정해졌기 때문이었다.

휴식 시간은 물론이고 업무 시간까지 기획본부 직원들은 온통 축구 얘기뿐이었다.

그 중심은 언제나 박강호였고 한석율을 비롯해서 대외협력부장과 김문호까지 팀의 주축들에 대한 화제들이 끊임없이 거론되었다.

무언가를 희망이란 이름과 기대를 가지고 기다린다는 것은 즐거운 일이다.

더군다나 이번 준결승은 작년 우승 팀과 준우승 팀을 피해 상대적으로 약체라고 판단되는 경북본부와 대진표가 짜였기 때문에 직원들은 준결승 시합이 벌어지는 목요일을 간절하게 기다렸다.

드디어 운명의 목요일.

목요일 아침이 다가오자 기획본부는 전 직원이 긴장감에 사로잡혔다.

그녀의 마음 25

특히 기획실장 박율규는 아침부터 총무인 유태희와 주장 김문호를 불러놓고 안절부절못했다.

"김 과장, 박강호 컨디션은 어때?"

"아침에 물었더니 괜찮다고 합니다."

"좋아, 다행이군. 그나저나 상대 팀 전력 분석은 잘했겠지. 내가 경북본부 경기를 봤더니 스트라이커인 11번하고 레프트 윙을 맡고 있는 23번이 요주의 인물이더군. 대책은 마련했나?"

"11번은 제가 밀착 마크할 겁니다. 실장님 말씀대로 경북본부는 레프트윙으로부터 공격이 시작되더군요. 그 친구는 스피드와 체력, 그리고 킥력이 발군이라 아예 공을 만지지 못하도록 저희 오른쪽 미드필더를 수비 라인으로 내릴 생각입니다."

"그러면 중앙이 약해지잖아."

"한석율을 위로 올릴 생각입니다. 비록 공격력은 약해지겠지만 박강호가 있으니까 해볼 만할 겁니다."

"하긴 득점을 하는 것보다 실점을 하지 않는 게 더 중요하지. 좋아, 전략은 잘 짠 것 같구만."

김문호가 자신의 말에 전적으로 공감하며 그럴듯한 전략을 말하자 박율규의 걱정스러웠던 얼굴이 조금 펴졌다.

그러나 완전히 밝아진 건 아니었다.

그는 이번 축구 시합에 엄청난 기대를 가지고 있는 것 같았다.

"유 팀장, 직원들 점심은 어떻게 하지?"

"시합을 끝내고 먹는 걸로 했습니다."

"시합 끝나고?"

"예, 김 과장님 얘기로는 시합에 이긴 후 좋은 곳에 가서 먹겠답니다."

"시합이 한 시인데 배고프지 않을까?"

"그래서 일부러 선수들은 늦은 아침을 먹었다네요."

"까짓것 이기기만 해라. 내가 뭘 못 해주겠냐. 이겨, 그러면 내가 오늘 니들 해달라는 거 다 해줄 테니까."

"감사합니다."

"유 팀장, 음료수는 챙겼겠지만 얼음도 충분히 준비해 놔. 땀 식히는 데는 얼음이 제일이야."

"염려하지 마세요. 모두 만반의 준비를 다 해놨습니다."

"그리고 오늘은 한 놈도 열외 없어. 기획본부는 모든 직원이 나와서 응원하라고 해. 뒤로 빠져서 사무실에 있다가 걸리는 놈은 아작을 낼 거야. 알았지?"

"나오지 말라고 해도 전부 나올 거예요. 직원들 기대가 얼마나 큰데요."

"푸하하… 그런가?"

유 팀장이 눈을 흘기며 말을 받자 박율규의 입에서 커다란 너털웃음이 흘러나왔다.

그는 기획본부가 4강전에 오른 것만 해도 커다란 성과라며 속으로 기뻐하는 중이었다.

그럼에도 이른 아침부터 두 사람을 불러 걱정거리를 늘어놓은 것은 욕심 때문이었다.

자신이 기획실장으로 근무할 때 사장이 직접 내려주는 우승기를 꼭 받아보고 싶다는 욕심 말이다.

박강호는 축구화 끈을 단단히 매고 운동장으로 나갔다.
응원석은 그야말로 양 팀의 응원단과 다른 본부에서까지 구경을 나와 인산인해를 이루고 있었다.
재밌는 것은 양 팀의 응원단이 지금까지 보여주지 않았던 응원 도구까지 준비해 왔다는 것이었다.
꽹과리와 징을 비롯해서 나팔이 남직원들의 손에 들렸고 여직원들은 오색 수술을 손에 매달고 열정적인 응원을 하며 선수들이 선전해 주기를 간절히 바랐다.
꿀꺽!
박강호의 입에서 마른침이 삼켜졌다.
점점 올라갈수록 상대 팀의 전력이 강해졌다.
처음에는 약체 팀을 보면서 대학 때보다 훨씬 수준이 떨어진다고 생각했는데 막상 강팀들과 붙자 그런 선입감이 순식간에 날아갔다.
당장 경기본부와의 경기를 되돌아봐도 그랬다.
비록 2 : 0으로 이기기는 했지만 예선전처럼 일방적인 경기를 할 수 없을 정도로 경기본부의 전력은 만만한 것이 아니었다.
드디어 휘슬이 울린 후 경북본부의 선축으로 경기가 시작되었다.

김문호가 업무까지 팽개치고 경북본부의 4강전을 봐야 한다며 끌고 나왔기 때문에 그들의 전력을 확인할 수 있었다.

김문호가 기획실장에게 보고한 전략은 사실 박강호의 머리에서 나온 것이었다.

경북본부는 중앙이 약한 대신 레프트윙을 맡고 있는 23번이 발군의 실력을 가지고 있었다.

대부분 공격의 시발점이 23번으로부터 시작되기 때문에 그만 막으면 충분히 해볼 만했다.

시작하자마자 예상한 대로 공은 레프트윙으로 길게 넘어갔다.

하지만 한석율을 하프라인까지 후퇴시켜 이중 삼중으로 수비 라인을 구축한 전략이 먹히기 시작한 것은 얼마 지나지 않아서 곧바로 나타났다.

한석율은 스피드 면에서는 23번에 그리 뒤지지 않았기 때문에 쉽게 돌파되지 않았고 그 뒤를 라이트 미드필더를 맡고 있는 손재석이 따라붙으면서 공이 빠져나가지 못하도록 막았다.

돌파를 하지 못한 공이 중앙으로 넘어오는 것은 박강호가 차단했다.

기획본부의 공격은 그때부터가 시작이었다.

강렬한 드리블.

박강호의 통렬한 슛이 터진 것은 시합을 시작하고 불과 5분이 지났을 때였다.

하프라인부터 치고 나간 박강호는 상대의 미드필더진을 무력화시키고 물러나는 수비진을 앞에 둔 채 20m 지점에서 슛을 때렸는데 공이 그림처럼 날아가 골대의 오른쪽 모서리를 관통했던 것이다.

"와악, 와아!"

박강호의 한 방에 기획본부 응원단은 난리가 났다.

모든 이가 자리에서 벌떡 일어나 두 손을 들고 만세를 불렀는데 여직원들이 든 오색 수술들이 마치 파도처럼 일렁일 정도였다.

이번 대회에 들어와 처음으로 기록한 골이었다.

그동안 주로 대외협력부장이나 윙들에게 기회를 줬지만 박강호는 준결승이 되자 찬스를 놓치지 않고 직접 슛을 때려 골을 만들어냈다.

이기는 것이 무엇보다 중요했다.

상사와 동료에 대한 배려는 승리하는 것에 우선할 수 없었다.

밀고 밀리는 접전.

한 골을 잃은 경북본부는 23번이 막히자 새로운 루트를 만들어내기 위해 안간힘을 기울였다.

23번이 중앙으로 옮겨 온 것도 그때부터였다.

하지만 그것은 경북본부의 가장 큰 패착이나 다름없었다.

중앙에는 한석율보다 훨씬 뛰어난 스피드와 피지컬을 지닌 박강호가 버티고 있었기 때문이었다.

23번의 스피드는 박강호의 순간 스피드를 이겨내지 못했고 부딪치는 순간 허수아비처럼 밀려나며 공을 넘겨주는 결과를 만들어냈다.

박강호의 두 번째 골이 터진 것은 후반 10분이 지났을 때였다.

골이 만들어진 패턴은 첫 번째와 비슷했다.

후반전에 들어온 대외협력부장이 중앙수비수를 끌고 좌측으로 빠졌기 때문에 중앙이 텅 빈 것을 보고 박강호는 이번에도 골에어리어 바깥쪽에서 슛을 쏘았다.

무회전 킥.

발등에 정확하게 임팩트된 공은 마술처럼 날아가 첫 골과는 반대로 왼쪽 골대 모서리로 파고들었다.

골키퍼가 몸을 날렸지만 건드리지도 못할 정도로 강한 슛이었다.

또다시 기획본부 쪽에서는 함성이 터졌고 여직원들은 박강호를 연호하며 비명을 질러댔다.

이제 승부의 추는 완전히 기획본부 쪽으로 넘어온 것이나 마찬가지였다.

경북본부는 점수 차가 벌어지자 수비수까지 총동원되어 공격 일변도로 나왔다.

단판 승부는 점수 차가 의미가 없었기 때문이었다.

대외협력부장의 골이 만들어진 것은 수비수까지 모두 올라와 허술해질 대로 허술해진 적의 공간을 박강호가 단숨에 무너뜨리면서 생긴 것이었다.

마지막까지 박강호의 스피드는 살아 있었다.

전후반 거의 60분을 뛰었지만 상대 수비수는 박강호의 스피드를 따라잡을 수 없었다.

하프라인에서 20m 정도 치고 올라갔을 때 상대편 진형에는 최전방에 나가 있던 대외협력부장과 박강호만 있었다.

골키퍼와 일대일로 마주 선 상태에서 박강호는 옆으로 따라 들어오는 대외협력부장을 확인했다.

그러고는 정확하게 반대쪽으로 공을 돌려 그가 슛을 때릴 수 있도록 보내줬다.

쐐기골.

대외협력부장이 골을 넣은 후 달려와 박강호를 끌어안았을 때 심판의 호루라기가 길게 울려 퍼졌다.

경기의 종료를 알리는 신호였다.

기획실장이 뛰어나왔고 그 뒤를 유태희가 이었으며 곧 기획본부 전체 직원이 달려 나왔다.

그들은 선수들을 끌어안으며 마음껏 기쁨을 나눴는데 얼굴에는 세상을 다 가진 사람처럼 행복한 웃음이 매달려 있었다.

기획본부가 결승전에 오른 것은 사장 배 축구 대회가 열린 이후 처음이었다.

반대편에서는 작년 우승 팀이었던 직할본부가 치열한 접전 끝에 토목본부를 2 : 1로 꺾고 결승에 올라왔다.

사람들은 두 팀의 전력을 분석하며 우승 팀을 점쳤는데 대부분 직할본부의 손을 들어줬다.

직할본부가 그동안 쌓아왔던 성적은 기획본부와 비교할 수 없을 정도였고 선수층도 두껍다는 것이 그 이유였다.

거기에다 박강호에게 뒤지지 않을 정도로 뛰어난 선수들도 보유하고 있었다.

현재 5골을 몰아 넣으며 대외협력부장과 득점 선두를 다투는 문대성은 선천적인 골잡이였고 다른 팀들과 다르게 중원에 진을 친 미드필더들과 수비수들도 상당한 수준을 보여주었다.

하지만 기획본부 직원들은 그런 예측을 절대 인정하지 않았다.

아무리 직할본부가 뛰어난 전력을 가졌다 해도 이번만은 안 될 것이라며 입에 거품을 물었다.

처음 시작할 때만 해도 기획본부는 조별 예선 탈락 1순위였다.

그랬지만 지금은 완전히 다른 팀이었다.

중앙을 박강호가 견고하게 지켰고 시합이 거듭될수록 선수들 간의 호흡이 맞아떨어지면서 누구와 붙어도 할 만하다는 게 그들의 생각이었다.

물론 아전인수 격인 마음이 그런 생각을 갖게 만들 수도 있었다.

그럼에도 그들은 기획본부가 반드시 직할본부를 꺾어주길 간절히 바랐다.

천하물산에서 기획본부와 직할본부는 파워 면에서 쌍벽을

이룰 정도로 치열한 경쟁 상대였다.

비서실과 홍보실, 그리고 경영분석실과 업무평가실로 구성된 직할본부의 파워는 기획본부 이상이었다.

업무만 가지고는 당연히 기획본부의 위상이 절대 그들에게 뒤질 리가 없다.

기획본부는 천하물산의 심장이었고 모든 전략 전술이 나오는 곳이었기 때문에 기획본부가 없다면 천하물산은 존재 자체가 불가능했다.

하지만 사장을 중심에 둔 직할본부의 위세는 그러한 것 자체를 부인할 정도로 막강했다.

조직원의 출신 성분 역시 기획본부에 뒤지지 않았다.

거의 대부분이 아이비리그 출신이라 자존심도 무척 강해 절대 누구에게 고개 숙이는 법이 없었다.

그런 특성이 이번 결승전을 전쟁터로 만들었다.

절대 지면 안 되는 상대.

지금까지는 워낙 성적이 좋지 않았기 때문에 맞붙을 일이 없었지만 이제 결승전이란 외나무다리에서 만난 이상 반드시 꺾고 싶은 상대였다.

박강호는 직원들의 표정을 보며 의아함을 느꼈다.

결승전은 토요일에 벌어지며 사장을 비롯해서 핵심 간부들과 모든 직원이 관전하는 것으로 계획되어 있었다.

처음에는 결승전이란 특수성 때문일 거라 단순하게 생각했다.

어떤 누구도 우승을 바라는 마음은 같을 테니까.
하지만 시간이 지날수록 직원들의 마음이 그리 단순하지 않다는 것을 알게 되었다.
지금까지와는 반응이 달랐고 격려하는 말들에도 힘이 잔뜩 들어가 있었다.
그랬기에 박강호는 의문을 해소하기 위해 김문호를 불렀다.
"과장님, 직원들 반응이 왜 저러죠?"
"결승전 상대가 직할본부라서 그래."
"그게 왜요?"
"넌 잘 모르겠지만 직할본부는 우리 기획본부와 천적 관계에 있는 곳이다."
"천적 관계라뇨. 어떤 면에서요?"
"파워. 기업은 언제나 파워 싸움이 벌어지는 곳이다. 파워가 있는 부서는 예산을 비롯해서 인사와 업무 처리가 쉽지만 파워가 없으면 남의 눈치를 보게 되지. 그런 쪽에서 우리 기획본부는 톱이라고 생각한다. 물론 직할본부 애들은 그렇게 생각하지 않겠지만 말이야."
"직할본부의 파워도 대단하다는 뜻이군요."
"거기에는 사장님을 수행하는 비서실과 홍보실, 각 부서를 평가하는 부서들이 줄지어 있어. 놈들은 자기들이 천하물산을 관장한다고 생각해."
"결국 이번 결승전은 자존심 싸움이라는 얘기군요."
"빙고."

"듣고 보니 이거 부담되는데요."

"부담되지. 그리고 부담을 느껴야 돼. 우리가 진다면 기획본부 전체가 지는 것으로 생각하게 될 테니까. 그래서 이번 결승전은 단순한 축구 시합이 아니란 말이다."

"주전을 이렇게 협박하시면 어떡합니까?"

"인마, 사실은 알고 있어야 되잖아. 그러니까 준결승 때처럼 기회만 오면 해결하라고. 괜히 대외협력부장님한테 밀어줘서 찬스를 날리면 넌 내 손에 죽는다."

"그거 부장님한테 말해도 되죠?"

"이놈이 정말 죽어볼래?"

"하하, 아닙니다. 명심하겠습니다."

김문호가 주먹을 번쩍 치켜들자 박강호가 손으로 막으며 웃음을 터뜨렸다.

둘은 축구 시합이 절정에 달한 지금 이제 완전히 격의가 없는 사이가 되어버렸다.

유태희는 결승전이 코앞으로 다가오자 자신도 모르게 긴장이 되어 자꾸 손에서 땀이 나는 걸 느꼈다.

2년 전부터 주무팀장이었기 때문에 총무를 봤지만 지금 같은 긴장감은 처음이었다.

여자로 태어났고 엄정한 교육을 받아오면서 축구를 접할 기회는 그리 많지 않았다.

대한민국 사람들의 축구를 사랑하는 열기가 워낙 뜨거웠기 때문에 그저 룰 정도만 알 뿐이었지 좋아해서 찾아본 적은 한 번도 없었다.
 그녀가 총무를 맡고 나서도 한 것은 누구에게 욕먹지 않을 정도로 지원을 한 것이 다였다.
 워낙 성적이 좋지 않았으니 어쩌면 당연한 일인지도 몰랐다.
 하지만, 작년 말에 새로 부임한 기획실장이 축구광이었고 팀이 승승장구하면서 결승까지 오르자 축구에 대한 그녀의 생각은 백팔십도로 변해 버렸다.
 물론 그 이면에는 축구 이외의 것도 작용했다.
 그녀의 인생에서 전환점을 가지고 온 남자 박강호.
 불현듯 나타나 남자에 대한 나쁜 선입감을 일거에 날려 버린 사내.
 어색하게 웃는 모습이 자신도 모르게 가슴으로 날아와 아프게 박혔고 그가 그라운드를 휘저을 때마다 그토록 냉철했던 머리는 하얗게 비었다.
 지금도 그녀는 일하는 척 슬며시 일어나 멀리서 머리를 박고 일하는 박강호의 모습을 훔쳐봤다.
 그녀의 시선을 막아놓은 칸막이가 지금처럼 걸리적거리는 건 처음이었다.
 칸막이만 없다면 언제든지 앉아서 그의 모습을 볼 수 있을 텐데 칸막이로 인해 자꾸 일어설 수밖에 없었다.
 자꾸 마음이 그에게로 향했다.
 벌써 꽤 오랜 시간 박강호의 얼굴을 보지 못했다.

수시로 일어서 봤지만 박강호는 어디로 갔는지 보이지 않았고 시간이 꽤 지나 돌아왔어도 자리에 머리를 박고 있어서 얼굴을 확인할 수 없었다.

그랬기에 그녀는 결재판을 손에 들고 일어섰다.

그리고 천천히 걸어 박강호가 있는 2팀 쪽으로 걸어갔다.

사람들은 그녀가 다가오자 무슨 일이냐는 표정으로 쳐다봤지만 유태희는 아무 일 아니라는 듯 똑바로 2팀장 자리로 향했다.

"팀장님, 이거 좀 봐주실래요?"

그녀의 손에서 불쑥 내밀어진 결재판을 보면서 2팀장 김충환이 의아한 표정을 지었다.

아침에 회의를 했기 때문에 현안 사항은 모두 공유해서 그녀가 다가올 이유가 없었기 때문이었다.

"뭐야?"

"이번에 올릴 기획안이에요. 우리 회사 경영개혁안이죠."

"이걸 왜 나한테 보여주는 거지?"

"참고하라고요. 중요한 일이니까 팀장님도 보셔야죠."

말도 안 되는 일이다.

아직 결재도 안 된 사안을 지금까지 먼저 보여준 적은 한 번도 없었다.

그랬기에 김충환은 손으로 서류를 펴면서도 그녀의 얼굴에서 시선을 떼지 못했다.

많은 생각이 담겨 있는 얼굴이었다.

유태희는 자신보다 나이가 9살이나 적지만 주무팀장이었고 현재 가장 잘나가는 기획실의 핵심 브레인이었는데 갑자기 이런 호감을 나타내자 불쑥 불안감이 들 정도였다.
"천천히 보시고 돌려주세요. 그럼 저는 이만 가볼게요."
유태희는 김충환의 대답을 듣지도 않은 채 몸을 돌렸다.
그런 후 자연스럽게 2팀장의 자리에서 가까운 곳에 있는 박강호의 자리로 다가왔다.
그러고는 다정스러운 음성으로 그를 불렀다.
"강호 씨, 바쁜가요?"
"아, 팀장님."
"바쁘지 않으면 차 한잔할래요?"
"저기……."
박강호가 쉽게 대답을 하지 못하고 김문호의 눈치를 살폈다.
그가 해외사업과 관련해서 자료를 뽑아달라고 한 것이 있기 때문이었다.
하지만 김문호는 급한 눈짓으로 가보라는 시늉을 마구 보내왔기 때문에 박강호는 자리에서 일어날 수밖에 없었다.
또각또각.
그녀는 말을 꺼내놓고 대답도 듣지 않은 채 걸어갔다.
그녀가 신고 있는 푸른색 하이힐에서 바닥을 찍으며 들려오는 경쾌한 소리가 사무실을 울렸다.
유태희의 뒷모습은 정말 그림같이 아름다웠다.
완벽한 굴곡.

여자들에게 저런 몸매는 꿈의 이상형일 것이다.
그녀가 박강호를 이끌고 간 것은 삼 층 위에 있는 휴게실이었다.
직원들이 손님이 올 때나 휴식을 취할 때 이용하는 곳이었는데 거의 백 평에 달할 정도로 넓었고 한쪽에는 커피 전문점과 편의점까지 갖춰져 있어 직원들이 자주 애용하는 곳이었다.
유태희는 곧장 박강호를 이끌고 커피 전문점으로 다가갔다.
"강호 씨 뭐 마실래요?"
"저는 원두커피 마시겠습니다."
박강호의 대답에 그녀는 원두커피를 두 잔 주문하고 어색한 웃음을 지었다.
"제가 갑자기 커피 마시자고 해서 놀랐어요?"
"…아닙니다."
"이야기 들으셨죠. 우리본부와 직할본부의 관계."
"예, 들었습니다."
"제가 주무팀장이잖아요. 그래서 강호 씨한테 아부 좀 하려고 불렀어요. 이번 결승전에서 꼭 이겨주세요. 안 그러면 제가 우리 실장님한테 혼나거든요."
"아, 예……"
커피가 나오자 유태희와 박강호는 소공동이 한눈에 보이는 창가 자리로 향했다.
하지만 유태희는 한 번도 창가로 눈을 돌리지 않은 채 박강호만 바라보았다.

"강호 씨는 언제부터 그렇게 공을 잘 찼어요?"
"어릴 때부터 축구를 좋아했습니다. 자꾸 하다 보니 늘더군요."
"체계적으로 훈련받았다면 프로 축구 선수가 될 수도 있었겠어요."
"그 정도는 아닙니다."
"겸손하시네요. 회사 생활은 재밌나요?"
"예, 선배님들이 잘 가르쳐 주셔서 열심히 하고 있습니다."
"알고 있어요. 강호 씨 열심히 하고 있다는 거. 제가 야근하는 거 여러 번 봤거든요."
"네……."
박강호가 어색하게 대답을 했다.
그러면서도 묻지 않았다.
자신과 그녀가 만난 것은 한 번뿐이었는데 여러 번 봤다는 소리를 김문호에 이어 또 듣게 되었지만 캐물을 생각은 하지 않았다.
그녀의 앵두 같은 입술에서 청아한 음성이 다시 흘러나온 것은 박강호가 탁자에 놓인 커피 잔을 들어 올릴 때였다.
"강호 씨는 어떤 여자를 좋아해요?"
눈을 제대로 마주치지 않던 박강호의 시선이 유태희를 향했다.
그녀는 웃고 있었다.
무슨 의돈지 알 수 없는 웃음.

축구 이야기를 하기 위해 왔다고 생각했는데 전혀 의외의 질문이 날아오자 박강호는 쉽게 대답을 하지 못하고 그녀의 얼굴을 빤히 쳐다봤다.
 하지만 그는 곧 입을 열 수밖에 없었다.
 상사의 질문을 받고서 대답을 하지 않는다는 건 불경죄에 해당되는 것이었다.
 "저는 착한 사람이 좋습니다."
 "그러면 못생겨도 괜찮다는 건가요?"
 "사람마다 생각하는 기준이 다르다고 생각합니다. 제가 마음에 든다면 그 사람은 아름다운 여자로 느껴질 테니까요."
 "지금까지 들어본 대답 중에서 가장 은유적인 대답이네요."
 "제 대답이 조금 부족했던 것 같습니다."
 "그런 뜻으로 말한 건 아니에요."
 "죄송합니다."
 이유를 모르니 대답이 어렵다.
 유태희 같은 사람이 이런 질문을 해올 줄 꿈에도 생각하지 못했으니 그녀의 말대로 모호한 대답을 할 수밖에 없었다.
 그렇지만 모호한 대답을 들었음에도 그녀의 얼굴에는 여전히 웃음이 가시지 않았다.
 "그럼 저는 어때요? 강호 씨가 생각했을 때 저는 아름다운 여자 축에 드나요?"

 박강호는 탈의실에서 옷을 갈아입으며 유태희의 질문을 생각했다.

그녀는 질문을 해놓고 곧 농담이라며 그의 대답을 듣지 않았다.

그럼에도 이상한 예감이 들었다.

여신이라고 불리는 그녀가 자신이 아름답다는 것을 모를 리 없음에도 그에게 물은 것은 다른 의도가 있을 것이란 생각이 들게 만들었다.

옷을 갈아입고 나오자 벌써부터 운동장의 열기가 느껴졌다.

마지막 결승전이었기 때문에 직원들은 이미 스탠드를 가득 메운 채 선수들이 나오기를 기다리고 있는 중이었다.

아직까지 경기 시작은 30분이나 남았는데도 말이다.

계속 운동을 해온 프로 축구 선수들도 경기를 하기 전에는 충분히 몸을 푸는 법이다.

그렇지 않으면 부지불식간에 부상을 입어 악몽 같은 나날을 보내야 하기 때문이었다.

그랬기에 주장인 김문호는 기획본부 선수들에게 무조건 30분 전에 나와 몸을 풀기를 주문했다.

박강호가 필드로 들어서자 먼저 나와 있던 기획본부 응원단 쪽에서 함성이 터져 나왔다.

박강호는 이미 기획본부에서는 영웅이나 다름없는 존재였다.

"떨리네요. 저 사람 오늘도 잘해주겠죠?"

"계속 봐왔지만 정말 대단한 실력을 지녔어. 쟤가 어떻게 해주냐에 따라 이번 경기는 승패가 결정 날 거야."

한미숙이 날카로운 눈으로 박강호를 바라보며 강수연의 질문에 대답을 했다.

그녀는 여자임에도 축구 전문가 뺨치는 눈을 가지고 있었다.

남편이 프로 축구 선수 출신으로 지금도 코치로 활동하고 있었기 때문에 축구라면 이가 갈릴 정도로 많이 봐왔기 때문이었다.

"차장님이 봤을 때는 누가 유리해요? 다른 본부 사람들은 직할본부가 우승할 거라고 하던데?"

"금방 말했잖아."

"박강호 씨요?"

"그래, 쟤가 이번 경기의 키를 쥐고 있어. 직할본부의 허리도 만만치 않기 때문에 박강호가 막히는 순간 이 경기는 끝이야. 대신 박강호가 그걸 이겨내면 경기는 기획본부에 승산이 있어."

"그렇군요."

"네가 박강호에게 관심이 있다면 직할본부가 이겨서 문대성이 MVP가 되기를 바라야 할 거야. 문대성이도 여직원들에게 만만치 않은 인기가 있더라."

"왜요?"

"문대성이도 신입 사원이잖아."

"그러니까 그게 무슨 관계가 있는데요?"
"다음 달 여직원 회의가 열리면 알게 돼. 그때까지는 기도나 열심히 해."

기획실장은 아예 선수 대기석까지 내려와서 작전 지시를 내렸다.
그가 내려왔기 때문에 총무인 유태희도 어쩔 수 없이 선수들과 어깨를 나란히 하고 설 수밖에 없었다.
그녀는 박강호가 정면으로 보이는 곳에 서서 기획실장의 말을 듣기만 했다.
축구에 대해서 잘 알지도 못할뿐더러 그의 말이 귀에 들어오지 않았기 때문이었다.
예쁘냐는 자신의 질문에 박강호가 쉽게 대답하지 못했다는 사실이 마음에 걸려 하루 종일 일이 손에 잡히지 않았다.
그저 긍정만 해줬어도 이런 조급증은 일어나지 않았을 것이다.
하지만 그는 바보처럼 아무 말도 못 하고 그저 멍하니 앉아 있기만 했다.
기획실장은 적들의 움직임을 예측하며 선수들이 어떻게 대처해야 되는지 열정적으로 주문했다.
어제저녁까지 뭔가를 꿍꿍대더니 이런 전략을 세워 온 모양이었다.
하지만 그가 아무리 떠들어도 경기는 다르게 진행될 수밖에 없다는 것을 안다.

벌써 여섯 게임째였다.

불과 보름 만에 전력을 다해 여섯 게임을 뛰었기 때문에 선수들의 체력은 떨어질 대로 떨어진 상태였다.

그럼에도 전의를 불태우는 것은 결승전이란 특수성 때문이었다.

축구의 세부 전략은 잘 모르지만 그녀가 봤을 때 이 경기는 체력이 누가 더 강하느냐로 결판날 것 같다는 판단이 들었다.

박강호는 그녀가 빤히 바라보는 것을 알면서도 눈을 마주치지 않았다.

일부러 피하는 것 같아 유태희도 슬며시 시선을 돌렸다.

조급해하지 말아야 한다.

여자의 최대 무기는 대시가 아니라 기다림이라는 걸 알기 때문이다.

남자로 하여금 용기를 내서 다가오게 만드는… 매력을 내뿜으며 고고하게 기다릴 때 진정한 사랑을 얻을 수 있다.

그럼에도 피한 시선이 자꾸 그에게로 향했다.

안 돼, 이러면.

유태희, 바보처럼 행동하지 마!

사회자의 진행에 따라 선수단 소개에 이어 사장이 격려사를 읽어 내렸고 노조 위원장도 축사를 했다.

마지막 결승전 경기가 있을 때마다 늘 진행되는 절차였기 때문에 직원들은 흥분을 가라앉히고 식이 끝나기를 조용히 기다렸다.

그러다 식이 끝나고 선수들이 경기를 위해 그라운드로 나서자 벼락같은 함성을 내뿜었다.

열기.

양 본부에서 뿜어내는 열기는 지금까지 봐왔던 어떤 경기보다 뜨거운 것이었다.

천하물산 사장인 채종원이 따뜻한 미소를 베어 문 것은 직원들의 열기를 충분히 느꼈기 때문일 것이다.

"비서실장 말로는 기획본부가 결승까지 올라올 줄은 예상 못 했다고 하던데요. 본부장님이 신경을 많이 쓰신 모양입니다."

"아닙니다. 운이 좋아서 그런 것뿐입니다."

"직할본부야 작년에도 우승한 팀이니까 그렇다지만 매번 조별 리그에서 탈락한 기획본부가 결승까지 올라온 것은 이변 아니겠어요? 다른 이유도 많았겠지만 본부장님이 잘 이끌었기 때문일 겁니다."

"그렇게 말씀해 주시니 감사합니다."

사장의 칭찬에 기획본부장이 고개를 숙여 예를 표했다.

물론 립서비스라는 건 안다.

그럼에도 이런 칭찬을 한다는 것은 그동안 그가 사장에게 밉보이지는 않았다는 것을 알려주는 것이었다.

사장이 다시 입을 연 것은 선수들이 파이팅을 외치며 포지

선을 찾아 움직일 때였다.

"그나저나, 개막 경기에 공 잘 차던 그 신입 사원도 나왔나요?"

"예, 그 친구도 오늘 출전했습니다."

"그때 보니까 대단하던데 오늘 볼만하겠어요."

"다 보실 생각이십니까? 제가 알기로는 오후 일정이 있는 걸로 아는데요."

"조금 미뤘습니다. 어떤 일보다 직원들이 중요하죠. 우승기는 제 손으로 줘야 하지 않겠습니까?"

"그러면 직원들 사기가 크게 올라갈 겁니다. 사장님이 이렇게 신경을 쓰시니 회사의 실적이 좋아지는 것 같습니다."

"이럴 때 보면 본부장님은 외국 물을 오래 먹고 오신 분 같지 않아요. 외국에서 오신 분들은 립서비스를 안 한다고 들었는데 이제 본부장님도 한국 물이 많이 든 모양입니다."

심판의 호루라기 소리가 울려 퍼지자 천하물산의 축구장은 폭탄이 터진 듯한 굉렬한 함성에 사로잡혔다.

드디어 기다리고 고대하던 결승전이 시작되었던 것이다.

박강호는 최전방 스트라이커로 먼저 출전한 대외협력부장이 뒤로 패스를 해주자 공을 컨트롤하며 다가오는 상대를 확인했다.

문대성.

직할본부의 히어로였으며 이번에 자신과 함께 들어온 신입 사원으로 축구 명가 Y대 출신이었다.

박강호는 거칠게 다가오는 문대성을 확인하고도 옆으로 패스를 하지 않았다.

기를 꺾어놓고 싶었기 때문이었다.

적들의 예봉을 꺾는 데는 선봉장을 격파하는 것이 가장 효율적인 방법이었다.

문대성이 양팔을 벌린 채 움직이지 못하도록 근접 거리까지 대시해 오자 그동안 천천히 움직이던 박강호의 몸이 팽이처럼 회전하며 순식간에 그를 제쳤다.

미처 발조차 갖다 대지 못할 정도의 개인기.

빠른 속도로 대시하던 문대성은 자신이 워낙 순식간에 돌파당하자 멍하게 박강호를 바라보기만 했다.

단순히 한 명 제쳤을 뿐인데도 기획본부에서는 마치 골을 넣은 것처럼 함성이 터져 나왔다.

히어로들의 대결에서 박강호가 단박에 문대성을 무너뜨렸기 때문이었다.

박강호는 문대성에 이어 순간 스피드를 이용해서 상대의 미드필더마저 제친 후 오른쪽 선상을 향해 달려 나가는 한석율을 향해 정확하게 롱패스를 날렸다.

사람을 향해 찬 것이 아니라 달려 나가는 지점을 겨냥했기 때문에 상대 수비수는 이미 탄력이 받은 한석율의 스피드를 따라잡느라 기를 썼다.

공을 받자마자 곧장 두 번 드리블을 한 한석율이 골에어리어를 향해 센터링을 날렸다.

상대 수비에 막혀 골로 이어지지 않았지만 대외협력부장이 머리까지 갖다 댈 정도로 성공적인 공격이었다.

문대성을 아작내고 한석율에게 롱패스를 때린 것은 이유가 있었기 때문이었다.

윙이 살아 있다는 것이 확인된 순간 적들의 수비수는 좌우측으로 범위를 넓힐 수밖에 없다.

그것은 중앙이 엷어지고 박강호가 활동할 공간이 넓어진다는 것을 의미한다.

하지만 박강호는 하프라인을 크게 넘어서지 않았다.

다른 때와 달리 수비에 집중하기 위해서였다.

문대성을 중심으로 한 직할본부의 공격력은 막강해서 그가 공격을 하다가 반격을 당하게 되면 실점할 위험성이 매우 컸다.

유태희의 염려대로 여섯 경기를 뛰면서 직원들의 체력은 많이 떨어진 상태였다.

체력이 떨어졌다는 것은 민첩성이 떨어진다는 것을 의미했고 수비수가 공격수보다 불리해진다는 것을 의미했다.

그랬기에 박강호는 후반전에 승부수를 띄울 생각을 가지고 있었다.

촘촘한 수비망으로 적들의 예봉을 견뎌낸다면 상대는 공격에 집중하게 되고 금방 체력이 소진될 수밖에 없기 때문이다.

또 하나 전략은 양쪽 윙을 충분히 활용하는 것이었다.

윙이 움직이면 최소한 세 명이 따라붙어야 하기 때문에 적들의 체력을 소진시키는 데는 최적의 방법이었다.

그리고 그에게는 공을 윙에게 정확히 전달할 수 있는 킥력이 있었다.

게임은 박강호가 예상한 대로 진행되어 기획본부가 계속 밀리는 것으로 나타났다.

하지만 그렇다고 일방적으로 밀리기만 한 것은 아니었다.

공격을 위해 상대 미드필더들이 하프라인 안까지 전진해 들어왔기 때문에 박강호가 공을 차단하고 윙에게 패스를 할 때마다 직할본부도 여러 번 위기를 맞이했다.

전반전이 끝났을 때의 스코어는 0 : 0이었다.

수비수들을 골에어리어 중심으로 촘촘히 배치하고 미드필더들이 일선에서 상대 공격수들을 차단하는 전략은 훌륭히 먹혀들어 밀리는 경기를 했음에도 실점을 하지 않았다.

거기서도 박강호의 활약은 대단했다.

중앙으로 침투되는 웬만한 패스들은 중간에서 가차 없이 차단했고 드리블을 치고 들어오는 것도 거친 몸싸움을 통해 수시로 공을 뺏어 전방에서 기다리는 윙들을 향해 킥을 날렸다.

아무리 수비 전술을 썼어도 박강호의 활약이 없었더라면 아마 두세 골을 먹었을 게 분명했다.

직할본부 입장에서는 미치고 환장할 정도였다.

공의 점유율은 훨씬 많았는데도 골을 넣지 못했고 넓은 범위를 뛰어다니다 보니 체력이 급속도로 떨어졌기 때문이었다.

그녀의 마음 51

특히 중앙 수비수의 체력은 거의 고갈될 정도까지 떨어진 상태였다.

수시로 좌우 윙에게 전진 패스가 날아왔기 때문에 사이드백이 뚫릴 경우를 대비해서 백업을 하느라 전력으로 뛰어다니다 보니 전반전이 끝났을 때는 숨이 턱까지 차오를 정도였다.

"헉헉, 강호야. 네 말대로 되었다. 이젠 후반전인데 체력 괜찮아."

"괜찮습니다. 힘들지만 끝장을 봐야죠."

"어떡할까, 그냥 이대로 하다가 연장전에서 승부 보는 건 어때. 저놈들이 우리보다 더 지친 것 같지만 공격으로 전환하면 위험할 수도 있어."

"아닙니다. 저쪽이 우리보다 훨씬 지쳤으니 후반전에서 승부를 봐야 합니다. 연장전까지 가면 어떻게 될지 몰라요."

"씨발, 알았다. 그럼 네 말대로 하자."

"과장님은 수비 라인을 이끌고 나오지 마세요. 차 과장님도요."

박강호가 김문호에게 말을 마친 후 머리를 짧게 깎은 차현호를 바라보며 부탁을 했다.

차현호는 그와 함께 중앙 미드필더를 봤는데 아예 수비 대형에서 올라오지 말라는 주문이었다.

"알았어, 그렇게 하지."

신입 사원의 주문이었지만 차현호는 망설임 없이 고개를 끄덕였다.

축구 경기에서는 경기를 바라보는 눈이 높은 사람이 장땡이다.

그리고 여기서는 박강호의 말이 절대적이었다.

기획본부의 전략은 후반전이 시작되면서 박강호의 뜻대로 움직였다.

밀고 올라오는 적들의 공격을 차단한 후 박강호는 전반전과는 다르게 과감한 드리블로 돌파를 시도했다.

체력이 생생해도 따라오지 못할 판에 지친 상태에서 움직이려니 직할본부의 미드필더들은 그야말로 죽을 맛이었다.

그렇다고 물 만난 고기처럼 뛰어다니는 박강호를 그냥 내버려 둘 수도 없어 그들은 숨을 헐떡거리면서 악착같이 뛰었다.

하지만 그런 상황이 계속되자 직할본부 미드필더들의 발이 천근처럼 무겁게 변해갔다.

전반과는 완벽하게 다른 양상.

게임은 시간이 지날수록 이제 기획본부를 중심으로 움직였다.

문대성이 전방에서 맹수처럼 기회를 노리고 있었으나 중원이 제압당하자 투명 인간으로 변하고 말았다.

직할본부가 연속으로 위기를 맞기 시작한 것은 후반전 15분이 지나고 나서부터였다.

미드필더들이 제대로 움직이지 못하자 박강호는 상대 진형의 중간 지점까지 침투해서 교묘한 패스를 연속으로 날렸기 때문에 직할본부의 수비수들은 몸을 던져 막아내는 위기를 계속 맞을 수밖에 없었다.

찬스가 계속될 때마다 기획본부 응원단은 악을 쓰며 함성을 질러댔다.

전반전에 계속 밀릴 때는 작아졌던 함성 소리가 후반전 들어와 일방적으로 밀어대자 마치 천둥소리처럼 변해 있었다.

그리고 그들의 함성이 폭발하듯 터진 것은 후반전 종료를 5분 남겼을 때였다.

상대의 공을 차단한 박강호가 툭툭 치고 들어가다가 한석율에게 패스한 것이 센터링으로 올라왔는데 골키퍼가 펀칭으로 막아낸 것을 박강호가 그대로 논스톱으로 때려 골로 만들었던 것이다.

정말 그림 같은 슛이었다.

"와아… 와아!"

전 직원이 펄쩍펄쩍 뛰었다.

밀고 밀리는 접전으로 응원을 하면서도 긴장감을 숨기지 못했던 기획본부 응원단은 서로를 얼싸안으며 방방 뛰어다녔다.

좋아한 것은 기획본부장도 마찬가지였다.

그는 사장이 옆에 있다는 것을 잊은 채 벌떡 일어나 두 손을 번쩍 치켜들고 기쁨을 나타냈다.

그런 그를 사장은 훈훈한 모습으로 지켜보았다.

삐익, 삐익—

결국 기획본부는 미친 황소처럼 반격을 노린 직할본부의 공격을 막아내고 경기를 승리로 이끌었다.
 경기 종료를 알리는 심판의 호루라기가 들리자 양쪽 선수들은 전부 그라운드에 드러누웠다.
 이긴 쪽도 진 쪽도 마찬가지였다.
 있는 체력을 모두 쏟아부었기 때문에 기획본부 선수들은 이겼다는 기쁨조차 누리지 못하고 그라운드에 쓰러졌다.
 승리의 기쁨은 대신 응원단에서 활화산처럼 터졌다.
 기획실장을 비롯해서 유태희와 후보 선수들이 먼저 선수들에게 달려갔고 일부 간부들도 단거리 선수들처럼 그라운드로 달려 나갔다.

제29장
여직원회의 비밀

쓰러졌던 선수들이 하나둘씩 일어났다.

그냥 일어선 것이 아니라 기획실장을 비롯해서 간부들의 부축에 의한 것이었다.

간부들은 선수들을 끌어안고 같이 기쁨을 나눴는데 안면에는 웃음이 가득했다.

박강호에게 다가온 것은 유태희였다.

유태희가 다가가자 그에게 가려던 간부들이 자리를 비켜주었다.

일종의 배려.

오늘의 영웅은 여신의 총애를 받아도 충분하다는 마음들이었을 것이다.

박강호는 숨을 헐떡거리며 누워 있다가 유태희가 다가오는 것을 보고 몸을 일으켰다.

하지만 유태희는 그가 일어서는 것을 막으며 자신이 그의 눈높이에 맞춰 쪼그려 앉았다.

"강호 씨, 정말 수고했어요."

"감사합니다."

"제가 상을 드려도 될까요?"

"…어떤."

"한번 안아주려고요."

빤히 쳐다보는 유태희의 시선, 그리고 전혀 생각지도 못했던 말에 박강호가 당황한 표정을 지었다.

수많은 직원들이 보고 있는 자리였다.

그런 곳에서 자신을 안아준다는 것이 이해가 되지 않았다.

그러나 그것은 자신의 착각임을 금방 알 수 있었다.

유태희가 안아준다는 것은 부축을 해주겠다는 의미였기 때문이었다.

유태희는 박강호의 팔짱을 끼고 일으켰다.

이미 다른 곳에서도 간부들이 선수들을 부축해서 끌어안다시피 대기석으로 빠져나가는 중이었다.

정말로 안아준 것은 아니었지만 팔짱을 끼고 부축한 것만으로도 부담이 되어 몸이 터질 것만 같았다.

그녀의 가슴이, 심장 소리가 그대로 전달되어 체력이 완전 방전된 상태에서도 얼굴이 붉어졌다.

그럼에도 팔을 빼지 못했다.

다른 선수들이 모두 부축을 받으며 나가는 마당에 혼자 그녀의 호의를 거부한다면 그녀를 부끄럽게 만들 가능성이 컸다.

선수들이 운동장을 빠져나올 때 기획본부의 응원단은 전부 기립해서 박수를 쳐줬다.

특히 유태희가 박강호를 부축해서 나올 때는 모든 직원이 그의 이름을 연호하며 치하를 아끼지 않았다.

선수들의 체력이 회복될 때까지 잠시 시간을 보낸 집행부에서 시상식의 거행을 알렸다.

직원들이 대열을 맞추고 선수들이 운동장에 도열하자 거창하지는 않았지만 격식을 갖춘 시상식이 거행되었다.

사장이 직접 득점왕을 차지한 대외협력부장에게 포상금과 더불어 메달을 수여했고 곧이어 이번 대회의 MVP가 호명되었다.

"박강호!"

사회자의 호명에 선수단에서 먼저 환호가 터졌고 곧이어 수많은 직원들이 박수를 치며 그를 축하했다.

박강호는 전혀 예상치 못했던 상이 그에게 돌아오자 얼떨떨한 표정으로 있다가 단상으로 나가 상을 받았다.

포상금 10만 원에 금 한 냥짜리 메달이었다.

박강호는 사장에게 정중히 인사를 하고 직원들과 선수들에게 감사의 예를 표한 후 자리에 돌아왔다.

그리고, 드디어 이번 대회의 우승 팀이 발표되었다.

"이번 대회의 우승 팀은 기획본부입니다. 단장이신 기획실장님은 앞으로 나와주시기 바랍니다!"

호명을 받은 기획실장 박율규의 얼굴에 보살 같은 웃음이 피어올랐다.

진심으로 기뻐하는 모습.

그는 주장인 김문호를 대동하고 사장이 기다리는 단상으로 향했는데 전쟁터에서 이기고 돌아온 개선장군처럼 보였다.

축구 시합의 여파는 컸다.

처음으로 우승기와 트로피를 가져온 기획본부의 선수들은 본부장으로부터 포상금을 따로 받았고 기획실장을 비롯한 처장단과 부장단, 팀장단 등이 벌여준 회식에 참여하느라 눈코 뜰 새 없이 바빴다.

일주일 동안 매일 술이었고 직원들이 지나가면서 계속 축하 인사를 해왔기 때문에 일을 하지 못할 정도였다.

하지만, 그런 기쁨과 바쁜 일정은 일주일이 지나자 언제 그랬냐는 듯 일상으로 돌아갔다.

회사는 회사다.

회사의 기본은 돈을 버는 것이며 그 돈으로 직원들의 월급을 주고 회사를 운영하는 것이니 또다시 업무로 돌아갈 수밖에 없다.

박강호도 마찬가지였다.

축구로 인해 발생된 잠시간의 공백을 메우기 위함인지 그는 평온을 되찾자 더욱 일에 매진했다.
 새로운 사건이 터진 것은 축구 시합이 끝나고 거의 한 달이 지난 후였다.

 강수연은 6월의 어느 날 한 통의 전화를 받았다.
 '긴급 여직원 회의'가 오늘 열리니 오후 4시에 소회의실로 모이라는 전갈이었다.
 여직원 회의는 한 달에 한 번꼴로 열렸지만 지금 같은 경우는 처음이었다.
 그리고 연락 수단도 이해가 되지 않았다.
 여직원 회의가 열릴 때는 회사 게시판에 공고문을 띄워 모든 여직원이 동시에 알게 했었는데 이번 경우는 개별 통보를 하고 있었다.
 궁금했다.
 그녀가 알기로 지금 회사에는 여직원들에 대한 긴급 현안 사항이 없었기 때문이었다.
 그럼에도 긴급이란 말이 붙었다는 건 뭔가 일이 생겼다는 걸 의미하는 것이었기에 그녀는 의아함을 숨기지 못하고 한미숙에게 다가갔다.
 "차장님도 전화 받으셨어요?"
 "무슨 전화?"
 "오늘 긴급 여직원 회의가 있다는 전화 못 받으셨어요?"
 "오늘이 그날인 모양이네."

"그날이라뇨?"

"일단 가봐. 가보면 알 거야."

"차장님은 안 가세요?"

"오늘은 결혼한 사람들은 대상에서 제외돼. 그래서 난 자격이 안 된다."

"여직원 회의를 하는데 기혼자는 뺀다고요?"

"오늘 사안은 처녀들만 해당되는 거야."

"그런 회의도 있어요?"

"이건 우리 회사에서 전통적으로 내려오는 비밀회의라서 절대 사전에 누설할 수 없어. 그러니까 가서 확인해. 더 이상 질문 사절. 알았지?"

"네."

자리로 돌아온 강수연은 머리를 팽이처럼 돌렸다.

한미숙이 축구 경기를 관전하며 여러 번 이상한 이야기를 한 게 생각났기 때문이었다.

박강호를 보면서 그녀는 톱이란 말을 반복해서 한 적이 있었다.

그리고 문대성에 관한 말도 했었다.

의미심장한 미소를 띤 채.

그녀의 비상한 머리는 직감적으로 이번 회의가 남자 신입 사원들에 관한 것이란 예측을 만들어냈다.

하지만 정확하게 그것이 무언지 알 수는 없다.

답답했으나 짐작만으로는 알 수 없으니 그저 시간이 지나

회의가 시작되기를 기다릴 뿐이었다.

　오후 4시가 다가오자 강수연은 서둘러 보고 있던 서류를 덮고 소회의실로 향했다.
　뭔가를 궁금해하는 사람의 행동은 언제나 빠르다.
　그러나 제일 먼저 도착한 사람은 강수연이 아니었다.
　벌써 소회의실에는 20여 명의 여직원이 모여 있었는데 전부 입사 3년 차 이내의 미혼 여직원들이었다.
　강수연은 슬그머니 자리를 찾아 앉았다.
　그녀의 옆에는 같이 입사한 국내영업처의 황미경이 앉아 있었는데 나이가 같아 연수를 받을 때부터 친해진 사이였다.
　"미경아, 뭐니?"
　"몰라. 선배들이 안 가르쳐 줘. 가서 직접 보라고만 해."
　"이게 무슨 일이니. 궁금해서 미치겠네."
　"추측은 된다."
　"뭔데?"
　"아마, 남자 신입 사원들에 관한 것 같아. 선배들이 오늘 커피를 마시면서 이야기하는 걸 얼핏 들었는데 신입 사원들의 이름을 거론하면서 무척 재밌을 건데 참가하지 못해서 아쉬워 죽겠다고 떠들더라."
　"그래?"
　강수연은 황미경의 대답을 듣고 자신의 추측이 맞았음을 확인했다.

그럼에도 여전히 의문은 남았다.

남자 신입 사원들과 여직원들이 무슨 관계가 있어 회의까지 한단 말인가.

4시가 가까워지자 점점 많은 여직원들이 몰려들었다.

모여든 여직원은 거의 50명에 달해서 본사의 미혼들은 전부 모인 것 같았다.

사람들이 모두 자리에 앉자 경영본부의 정은미 대리가 문을 굳게 닫아버렸다.

마치 이 회의가 절대 노출되면 안 된다는 듯이.

직할본부의 하선영 대리가 중앙에 배정된 자리에 앉은 것은 4시를 알리는 종소리가 울려 퍼질 때였다.

"여러분 안녕하세요. 저는 비서실에 근무하는 하선영 대립니다. 제가 오늘 선배들의 명을 받아 임시 회의를 진행하게 되었습니다. 오늘 여러분을 모신 것은 연례적으로 시행하는 행사를 하기 위함입니다. 이번에 들어온 신입 사원들은 잘 모르기 때문에 회의 안건에 대해서 간단하게 설명하겠습니다……."

하선영이 말하는 동안 정은미가 종이와 남자 신입 사원의 명단을 사람들에게 돌렸다.

인사 카드에 적혀 있는 내용을 정리한 것인데 사람마다 중요한 인적 사항이 적혀 있는 것이었다.

그리고 또 하나.

5개 조로 편성된 여사원들의 명단이 그녀들의 앞에 놓였다.

웅성웅성.

새로 들어온 여자 신입 사원들의 입에서 의아함을 나타내는 웅성거림이 새어 나왔다.

그것을 막은 것은 마이크를 잡은 하선영이었다.

"저희 회사는 매년 6월이면 남자 신입 사원들을 대상으로 인기투표를 시행합니다. 언제부터 생긴 행사인지는 저도 정확하게 알지 못하지만 오랜 전통이라 매년 해오고 있다는 것을 알려 드립니다. 시간이 없는 관계로 행사를 빨리 진행하도록 할 테니 궁금한 점이 있으면 지금 질문해 주십시오."

하선영이 말을 끝내고 여직원들을 바라보았다.

그러자 강수연이 즉시 손을 들었다.

"하 대리님, 인기투표는 왜 하는 거죠?"

"전통이라고 말했잖아요. 이건 우리 회사 여직원들이 매년 하는 축제라고 생각하면 돼요."

"아무 목적이 없는 건가요?"

"있지만 그것은 나중에 말해줄 거예요. 그리고 1위를 한 남직원은 우리 여직원회 이름으로 상금을 수여할 거니까 마음에 둔 직원 이름을 솔직하게 적어주세요. 앞에 놓인 서류를 보시면 남자 신입 사원들의 프로필이 있을 테니 한 사람씩 써 내면 됩니다."

하선영이 자신 앞에 있는 마이크를 치우자 또다시 웅성거림이 시작되었다.

그러나 그 웅성거림은 금방 조용해졌고 각자의 앞에 놓인 서류를 부지런히 뒤적이기 시작했다.

한 사람, 두 사람 손으로 종이를 가리고 누군가를 쓰더니 50명에 달하는 여직원들이 전부 각자 마음에 둔 남직원을 적었다.

그런 후 종이를 접어 정은미가 들고 다니는 통에 집어넣었다.

투표를 끝낸 여직원들의 얼굴에서 웃음꽃이 피어올랐다.

처음에는 궁금증으로 의아함을 나타내던 여직원들은 이 회의의 목적을 알게 되자 마치 축제를 즐기는 것처럼 옆에 앉아 있는 사람들과 장난을 치면서 즐거워했다.

그녀들은 거부감을 보이지 않았다.

현재까지는 그저 재미있는 전통이라고 생각하는 것 같았다.

하지만 결과에 따라 어떤 사람에게는 이런 전통이 지옥이 될지도 모른다는 것을 그녀들은 알지 못했다.

하선영은 투표 통을 개봉하지 않은 상태에서 하나씩 꺼내어 사람의 이름을 호명했다.

여직원들은 남직원들의 이름이 호명될 때마다 탄성과 탄식을 번갈아 흘려냈는데 자신이 쓴 직원 이름이 나오기를 간절히 바라는 것 같았다.

강수연은 원하는 결과가 나왔지만 미소를 지을 수가 없었다.

비록 상금이 박강호에게 돌아가길 바랐기 때문에 이름을 적었지만 왠지 알 수 없는 불안감이 몰려왔다.

'박강호'.

그의 이름은 이미 투표가 끝나지 않았는데도 25표가 넘고 있었다.

도대체 그를 염두에 두고 있는 여자들이 얼마나 많다는 건가.

최종 결과는 박강호가 32표나 차지해서 1위로 정해졌다.

결국 박강호를 염두에 두고 있는 여자가 32명이란 뜻이었다.

정말 미치고 펄쩍 뛸 일이었다.

이제 마음을 굳히고… 보다 가깝게 지내기 위해 본격적으로 움직일 생각이었다.

자신같이 배경이 든든하고 미모를 갖춘 여자가 호의를 가지고 접근하면 박강호는 충분히 넘어올 거라 믿었다.

그런데 이런 일이 생기고 말았다.

전혀 예상하지 못했고 꿈에서조차 상상하지 못했던 일이…….

하선영은 칠판에 적혀 있는 숫자를 정확하게 다시 센 후 박강호가 1위에 올랐다는 사실을 공표했다.

그런 후 천천히 마이크를 자신의 입으로 가져갔다.

"그럼 지금부터 인기투표를 시행한 진짜 이유에 대해서 말씀드리겠습니다. 선배들이 정해놓은 이 룰은 공정한 상태에서 괜찮은 짝을 구할 수 있는 기회를 사내 여직원에게 주기 위함임을 알려 드립니다. 먼저 말씀드리지 않은 이유는 곧 알게 될 거예요."

"잘 이해가 되지 않아요. 무슨 뜻인지 자세히 알려주세요."

"거기 보시면 5개 조로 여직원들이 나뉘어 있어요. 이번 인기투표에서 1위를 한 박강호 씨는 그 사람들에게 우선권을 주게 될 거예요."

"우선권을 준다는 게 무슨 의미죠?"

이번에 물은 것은 반대쪽에 앉아 있던 신입 직원이었다.

여자 신입 직원들은 모두 궁금해서 미치겠다는 얼굴들을 하고 있었는데 하선영의 입이 열릴 때마다 초미의 관심을 보이고 있었다.

"말 그대로입니다. 과열을 막기 위해 10명에 한해서 인기투표 1위 신입 사원인 박강호 씨에게 접근을 허락한다는 뜻이에요."

"그럼 다른 사람들은요?"

"절대 접근해서는 안 돼요. 만약 그런 경우가 눈에 띄거나 발각될 경우에는 여직원회의 이름으로 매장될 각오를 해야 될 겁니다."

"만약, 박강호 씨가 특정한 사람을 사귀고 싶어 한다면 어떻게 되죠?"

"그런 경우는 예외로 처리됩니다. 지금 우리가 말하는 것은 규정된 룰을 어길 때에 한정해서 말하는 거니까 새겨들었으면 좋겠네요."

"사귀는 여자가 있다면 어떻게 하나요?"

"다시 말씀드리지만 이것은 사내 여직원들의 비밀 규칙입니다. 사내라는 한정된 공간에서 정말 마음에 든다면 얼마든지 사귈 수 있는 여건이 있지 않을까요. 설혹 박강호 씨에게 여자 친구가 있다 하더라도 말이죠. 아마, 이런 규칙은 우리 회사 여직원들에게 괜찮은 신랑감을 찾아주기 위해서 선배들이 만든 만든 전통이라고 여겨지네요."

"저도 한 가지 물을게요. 조는 어떻게 선정되나요? 그리고 그 조에 포함된 여직원이 박강호 씨를 좋아하지 않거나 남자 친구가 있는 경우도 있잖아요."

"당첨조는 여러분들의 참관 아래 제가 뽑을 겁니다. 그리고 호감을 느끼지 않거나 남자 친구가 있는 여직원은 언제든지 빠져도 됩니다. 대신 아까 말씀드린 것처럼 다른 조의 여직원들은 아무리 마음에 들어도 접근하지 못합니다. 이걸 어길 경우 여기 있는 사람들은 물론이고 선배님들도 그 직원의 불경함을 좌시하지 않을 거예요. 다른 질문 있나요? …없으면 곧바로 조 추첨을 시작하겠습니다."

하선영이 마치 기름처럼 달아오르는 여자 신입 사원들의 질문을 단호하게 말을 끊고 밀폐된 통에 각 조의 번호가 적힌 공을 넣자 회의실에 순식간에 침묵으로 빠져들었다.

32명이나 같은 사람을 써 넣었기 때문에 실내는 갑자기 긴장감에 사로잡혔다.

강수연은 얼른 자신이 속해 있는 조를 다시 확인했다.

3조.

미리 이런 규칙을 말해주지 않은 것은 분명 마음에 둔 사람을 인기투표에서 배제하는 걸 막기 위함일 것이다.

의심을 했어야 했다.

갑작스럽게 소집된 회의의 진의를 알았더라면 자신은 절대 박강호의 이름을 쓰지 않았을 것이다.

그러나 이미 엎어진 물.

어차피 결과가 이렇게 나왔다면 간절히 3조가 뽑히기를 기도하는 수밖에 없었다.

그때서야 한미숙 차장이 자신을 안타깝게 바라보는 눈길의 의미를 알 수 있었다.

뒤늦게 이런 전통을 계속 물려받아 이어나가고 있는 천하물산 여직원들이 이해되지 않기 시작했다.

도대체 이게 뭐란 말인가.

남녀 간의 사랑을 지들이 뭔데 나서서 방해를 해.

갑작스럽게 마음속에서 불만이 폭주하기 시작했다.

그러나 그녀는 한 마디도 할 수 없었다.

조직의 이름으로 이미 경고를 한 사항에 대해서 자신이 마음에 둔 사람이 1위를 했다 해서 거부를 한다는 것은 스스로 불속에 뛰어드는 것과 마찬가지였다.

거부를 하려면 투표를 진행하기 전에 해야 했다.

지금이 어떤 시댄데 이런 불합리한 짓을 하냐며 악을 썼어야 했다.

하지만 너무 늦었다.

설마 하는 마음이 이런 결과를 만들어냈으니 입이 열 개라도 할 말이 없었다.

심각한 표정을 지은 것은 강수연뿐만이 아니었다.

여기저기서 여직원들의 한숨 소리가 새어 나오는 걸 강수연은 확인할 수 있었다.

정말 기가 막힌 일이었다.

박강호가 여직원들 사이에서 인기가 많다는 소리를 들었지만 이 정도로 많을 거라고는 생각해 보지 않았다.

하선영의 손이 움직이는 것을 보며 강수연은 마른침을 꿀꺽 삼켰다.

제발.

그녀의 손이 마치 슬로비디오처럼 느껴져 강수연은 한시도 눈을 떼지 못했다.

드디어 하선영의 손이 통 안에서 나왔다.

그리고 호명된 조는 바로 자신이 속해 있는 3조였다.

'만세!'

속에서 자신도 모르게 삼일절 유관순 열사가 했던 것과 같은 함성이 터져 나왔다.

얼굴에는 웃음이 잔뜩 흘렀고 엉덩이가 저절로 들썩거렸다.

슬쩍 옆을 보자 황미경이 아쉬움과 부러움이 섞인 눈으로 자신을 노려보는 것이 보였다.

눈치만 봐도 황미경이 박강호를 썼다는 걸 알 수 있었다.

그러나 위로해 주고 싶은 마음은 전혀 없었다.

마음에 둔 남자를 차지할 수만 있다면 어떤 것도 희생할 각오가 되어 있었다.
　여기저기서 들려오는 탄식과 아쉬움이 멈춘 것은 하선영의 멘트가 다시 흘러나왔기 때문이었다.
　"오늘 1위를 한 박강호 씨는 이번 주 금요일 저녁 3조가 초대해서 식사를 할 겁니다. 그때 상견례를 할 것이며 상금도 수여할 거니까 그렇게들 알고 계세요. 다시 말씀드리지만 3조만 참여할 수 있다는 점 꼭 명심해 주시길 바랍니다."

　강수연은 정말 자신이 운이 좋다고 생각했다.
　3조에는 이미 결혼 약속을 했거나 남자 친구가 있는 직원이 셋이나 있었고 다른 직원을 염두에 둔 여직원도 한 명 있었다.
　비록 여섯이 남았지만 충분히 극복할 자신이 있었다.
　자신은 박강호와 같은 기획실 소속이었기 때문에 다른 사람들보다 훨씬 가까이 있을 수 있는 기회가 많았다.
　더군다나 학벌이나 미모로 볼 때도 전혀 꿀리지 않는다고 생각했다.
　그녀는 천천히 걸어가 박강호를 불렀다.
　3조의 맏언니인 우정혜가 자신이 박강호와 같은 기획실 소속이라는 이유로 금요일 저녁 행사 통보를 그녀에게 맡겼기 때문이었다.
　"오빠, 잠시 시간 내줘요."
　"수연 씨, 무슨 일이야?"

"말씀드릴게 있어서요."

"잠깐만."

박강호는 보던 서류를 정리하고 슬그머니 자리에서 일어났다.

같은 동기였고 강수연이 찾아온 게 한두 번이 아니었기 때문에 그녀가 찾아온 것에 대해 박강호는 의문을 갖지 않았다.

더군다나 그녀는 언제부턴가 친근하게 오빠라는 호칭까지 써서 다른 동기들과는 다르게 부담감이 적어 말까지 놓은 사이가 되었다.

사무실 밖 자판기로 박강호를 데려간 강수연의 얼굴에는 웃음이 활짝 피어 있었다.

"오빠 축하해요."

"뭘 축하해?"

"오빠가 여직원들 인기투표에서 1위를 차지했어요."

"응?"

막상 들었지만 이해가 되지 않았다.

인기투표는 뭐고, 1위는 뭐란 말인가.

그랬기에 박강호는 의문 섞인 눈으로 강수연을 바라보기만 했다.

그러자 강수연이 까르르 웃으며 상세한 내용을 말했다.

"여직원들이 남자 신입 사원들을 대상으로 인기투표를 했는데 오빠가 1등을 했어요. 그래서 이번 금요일 저녁에 상금을 수여한대요."

"내가 왜 1등을 해?"
"오빠가 잘생겼으니까 그렇죠."
"그것 참 별일 다 있네. 그건 그렇고 상금은 또 뭐야?"
"난 잘 모르지만 1등을 한 사람한테는 여직원들을 즐겁게 해준 대가로 상금을 준대요. 얼만지는 나도 몰라요."
"집 살 돈 줬으면 좋겠다. 이 기회에 집 장만하게."
"꿈이 정말 크네요."
"이왕 주는 거 많이 주면 좋잖아."
"하여간 금요일에 시간 비워봐요. 다른 약속 잡지 말고."
"어쨌든 돈 준다는데 가야지. 그런데 남자는 나 혼자 가는 거야?"
"네."
"그럼 안 되는데. 나 혼자 거기 가서 뭐 해. 여직원들만 나올 거 아니야?"
"여섯 명 정도 나올 거예요."
"상금이 아깝지만 포기해야 되겠다. 여직원들만 있으면 난 꿀 먹은 벙어리가 될 거야. 어색해서 어떻게 앉아 있어."
"알아서 해요. 하지만 안 나오면 큰일 날걸요?"
"왜?"
"여직원회에서 무시당했다고 오빠를 그냥두지 않을 거예요."
"완전히 협박이군."
"그러니까 멋지게 입고 시간 맞춰서 나와요. 식당은 나중에 내가 알려줄게요."

사무실로 돌아오자 김문호가 빙글거리며 웃고 있는 것이 보였다.

그는 이미 뭔가를 알고 있는 눈치였다.

"과장님, 그건 의미 있는 웃음인데요?"

"당연히 있지. 하여간 축하해."

"알고 계셨어요?"

"방금 알았다. 조기 한 차장이 얘기해 주더라."

김문호가 등을 보이며 걸어가는 한미숙을 가리켰다.

그는 뭐가 그리 유쾌한지 웃음을 멈추지 못하고 있었다.

그랬기에 박강호는 슬쩍 인상을 찡그렸다.

"그게 축하받을 일입니까?"

"당연히 축하받아야지. 나는 해보지 못했는데 기어코 동생놈이 내 원을 풀어줬구나. 고맙다."

"상금 때문에 그렇게 말씀하시는 거죠. 걱정하지 마십시오. 상금 받으면 그걸로 제가 좋은 데서 한턱 쏘겠습니다."

"인마, 상금 때문이 아니야."

"그럼요?"

"혹시 여직원회에서 밥 먹자고 그러지 않아?"

"금요일 저녁에 약속 잡지 말라고 그러던데요."

"아마, 일식집에서 할 거다. 그러니까 맛있게 먹고 와."

"정말 궁금해서 죽는 꼴 보려고 그러십니까. 가르쳐 주세요. 뭣 때문 그러는지 알아야 대처를 할 거 아닙니까!"

"다시 말하지만 난 여직원들에게 공공의 적이 되고 싶지 않다. 우리 회사는 여직원들의 파워가 장난이 아니라서 잘못 보이면 훅 가는 수가 있거든."
"기어코 알려주지 않겠다는 거네요. 좋습니다, 가서 알아보면 되죠. 대신 상금은 제가 챙기겠습니다."
"그건 알아서 하세요."

금요일은 무척 시간이 안 가는 날이었다.
하루만 지나면 토요일이라는 황금 같은 날이 기다리지만 그런 기다림 때문인지 직장인들에게는 금요일이 언제나 지루했다.
하지만 그렇지 않은 사람들도 있다.
바로 박강호 같은 신입 사원들이 그렇다.
위에서는 연신 오더가 떨어지고 서둘러 그것을 하고 나면 또 다른 오더가 내려지기 때문에 눈코 뜰 새 없이 바쁘기 때문이었다.
강수연은 오늘 저녁 약속 장소를 아침에 가르쳐 줬는데 김문호가 예측한 대로 '은하수'라는 일식집이었다.
출퇴근을 하면서 봤던 '은하수'는 조명서부터 은은하고 화려해서 무척 비싸게 보이는 곳이었다.
갸우뚱.
고개가 저절로 기울어졌다.
그까짓 게 뭐라고 여직원회에서 그에게 이런 호의를 베푸는지 정말 이해가 되지 않았다.

김문호는 퇴근 시간이 되자 먼저 책상을 정리하고 가방을 챙겨 들었다.

그도 오늘 약속이 있는 모양이었다.

"강호야, 오늘 너무 술 많이 마시지 마라. 여자들이 준다고 꼬박꼬박 받아먹으면 집에 못 간다."

"설마 그러기야 하겠습니까."

"이놈은 내 말을 너무 안 믿는단 말이야. 여자들이 남자들보다 주량이 더 세. 그리고 일단 숫자에서 밀리잖아. 그러니까 내 말대로 조심해서 받아먹어. 비싼 거 먹었는데 다 토하지 말고."

"알겠습니다."

"빛나는 청춘 화려하게 불사르고 와라. 반드시 살아남아서 내일 꼭 보자."

제30장
그대의 미소와 음악

 '은하수'에 들어서자 일식집 특유의 알싸한 비린내가 코를 찔렀다.
 대나무가 그려진 커다란 그림과 기모노가 걸려 있었고 한쪽으로는 이국적인 장식물들이 배치되어 이곳이 일식집임을 금방 알려주었다.
 다가온 지배인에게 예약자의 이름을 말하자 지배인은 '매실'로 그를 안내했다.
 방문 앞에 가득한 여자들의 구두.
 이미 여직원들은 와 있는 것 같았다.
 가볍게 기침을 하고 방문을 열자 여섯 명의 시선이 한꺼번에 몰려왔다.

거북했다. 그럼에도 늦은 것에 대한 사과를 먼저 했다.

"죄송합니다. 서두른다고 서둘렀는데 조금 늦었습니다."

"박강호 씨가 늦은 거 아니에요. 우리가 조금 일찍 나왔으니까요."

"아, 예."

맞는 말이다.

퇴근하고 곧바로 왔는데도 여직원들보다 늦었다는 것은 그녀들이 먼저 출발했다는 것을 알려준다.

중간에 앉아 있던 우정혜가 방긋 웃으며 손짓을 했기 때문에 박강호는 자신의 자리를 찾아 앉았다.

그러면서도 이상함을 숨기지 못했다.

듣기로는 여직원회의 회장은 국제영업부의 주연우 차장이었고 집행부도 거의 모두 차장급으로 구성된 것으로 알았는데 이곳에는 그보다 나이 많은 여직원이 하나도 보이지 않았다.

뭔가 이상함을 느꼈지만 그렇다고 처음부터 대놓고 물어볼 필요는 없었다.

이유는 나중에 물어보면 되기 때문이다.

곧 회가 담긴 접시가 들어왔고 술이 쟁반에 그득히 담겨 들어왔다.

소주와 맥주가 가득 담긴 쟁반은 여종업이 두 손으로 겨우 들 정도로 많았다.

우정혜가 맥주잔을 앞으로 모으더니 폭탄주를 제조했다.

소주 한 잔에 맥주를 채우는 방식.

직장인들이 가장 좋아하는 술 문화가 여직원들 사이에도 통용되는 모양이었다.

제조된 폭탄주가 각자의 앞으로 배달되자 우정혜가 자리에서 일어났다.

"오늘 이 자리는 여직원회에서 인기투표 1위를 차지한 박강호 씨를 축하하는 자리예요. 먼저 축하주를 마시기 전에 상금 전달이 있겠습니다."

미리 준비해 놓았던 모양이었다.

우정혜는 박강호를 일어나게 하고 하얀 봉투를 손에 쥐여줬다.

여직원들의 함성과 박수가 섞여 나왔고 봉투를 받은 박강호가 어색하게 인사를 했다.

술잔이 마구 돌아다니기 시작한 것은 상금전달식이 끝나고 난 후부터였다.

사수인 김문호가 왜 살아 돌아오라고 했는지 알 것 같았다.

여섯 명의 여자들은 모두 늘씬하고 예뻤다.

공부를 잘하고 머리가 비상하면 몸매 관리에도 철저한 모양이었다.

그런데도 그녀들의 주량은 박강호에 비해 떨어지지 않았다.

한 잔을 주고 한 잔을 받는 상황이 거듭되자 점점 취기가 올라오기 시작했다.

여자들은 연신 술을 주면서도 질문을 멈추지 않았다.

축구 이외에 잘하는 것이 뭐냐부터 가족이 몇 명인지, 어떻게 살아왔는지를 물었다.

가장 중요한 질문이 나온 것은 가장 끝 쪽에 앉아 있던 신입 직원 문인숙으로부터였다.

"여자 친구는 있어요?"

"예, 있습니다."

조금의 망설임도 없이 대답했다.

하지만 그 대답은 화기애애했던 분위기를 싸늘하게 가라앉히기에 충분한 것이었다.

잠시의 어색함이 흘렀지만 질문은 계속되었다.

어느 정도 그럴 가능성을 염두에 두었으니 여직원들은 실망을 금방 감추는 노련함을 보였다.

"지금 뭐 해요, 그분?"

"은행에 다닙니다."

이번에도 여직원들의 표정이 변했다.

단순히 은행이라고 하면 출납하는 여직원들을 생각하기 때문이었다.

그런 여자라면 자신들과 비교조차 되지 않는다는 자신감이 그녀들의 가슴속을 채운 것 같았다.

방문이 불쑥 열린 것은 우정혜가 질문을 이어나가기 위해 입을 열 때였다.

"들어가도 될까요?"

상대방의 허락을 받기 위한 질문이 아니라는 건 이미 하이힐을 벗고 방으로 들어온 태도로 알 수 있었다.

방으로 들어오는 여자를 확인한 여직원들의 몸이 경직되었다가 자리를 박차고 일어난 것은 순식간에 벌어진 일이었다.

방으로 들어온 여자는 그녀들이 쳐다보지 못할 정도의 위치에 있는 기획 1팀장 유태희였기 때문이었다.

"갑자기 찾아와서 놀랐나요?"
"아… 아니에요."

방 안으로 들어선 유태희가 묻자 우정혜가 급히 부인을 했다.

그렇다고 말할 만큼 그녀는 어리석지 않았다.

중앙에 앉아 있던 그녀가 빠른 움직임으로 유태희를 상석에 앉혔다.

입사 3년 차 정도 되면 누가 가르쳐 주지 않아도 살아가는 방법을 충분히 알게 된다.

그녀의 안내로 자리에 앉은 유태희가 좌중을 한번 휘둘러본 후 박강호에게 시선을 맞췄다.

"뭐 해요, 나도 한 잔 줘야죠."
"알겠습니다."

갑작스런 유태희의 출현에 놀란 눈을 하고 있던 박강호가 소주병을 들고 부랴부랴 잔을 건넸다.

하지만 유태희는 고개를 흔들었다.

"싫어요. 나도 폭탄주 주세요."
"아, 네."

도대체 이게 뭔 일인지 모르겠다.

유태희는 여직원이면서도 여직원이 아닌 존재였다.

곧 기획부장으로 승진할 거라는 소문이 파다하게 회사에 퍼져 있었고 그녀 스스로도 여직원회의 일에는 전혀 신경조차 쓰지 않았다.

그런 그녀가 갑자기 나타났으니 이유를 전혀 알 수 없다.

박강호가 폭탄주를 제조해서 건네자 유태희의 얼굴에서 화사한 미소가 피어올랐다.

"우리 건배할까요?"

갑자기 분위기가 바뀌었다.

이곳에 온 목적이 바뀌었고 대화를 주도하는 사람도 바뀌었다.

하지만 여직원들이 충격으로 입을 모두 닫은 것은 폭탄주를 들어 올린 유태희의 입에서 나온 말 때문이었다.

"제가 여기에 온 게 이상할 거라 생각해요. 하지만 너무 머리 아프게 생각하지 마세요. 저도 여러분과 똑같은 목적을 가지고 왔으니까. 혹시 자격이 안 된다고 시비 거실 분 있나요?"

그녀의 말에 아무도 입을 열지 않았다.

그저 얼굴이 하얗게 변하며 맥주잔 쥔 손을 떨었을 뿐이었다.

여직원들이 아무런 말을 하지 않자 유태희의 얼굴에서 싱그러운 웃음이 흘러나왔다.

"자, 그럼 우리 건배할까요?"

박강호는 변해 버린 분위기에 적응하지 못하고 술만 마셨다.

여전히 유쾌한 분위기가 지속되었지만 대화의 내용은 전혀 다르게 변했다.

유태희가 박강호 개인에 대한 질문을 전혀 하지 않은 대신 회사에서 준비하고 있는 일들과 이번에 벌어진 축구 대회에서 높은 분들이 어떻게 반응했는가로 이야기 주제를 바꿔 나갔기 때문이었다.

그토록 박강호에 대해서 궁금증을 나타냈던 여직원들은 유태희가 좌중을 주도하며 그녀들이 알지 못했던 정보들을 알려 주자 연신 감탄에 겨운 탄성을 흘려냈다.

물론 강수연을 비롯해서 몇 명의 여직원들은 유태희의 말에 호응을 하면서도 어두운 기색을 숨기지 못했다.

유태희가 자신들과 같은 목적으로 이곳에 왔다는 말이 주는 의미는 정말 무시무시한 것이었다.

천하물산의 여신, 유태희.

유태희가 지금까지 결혼 안 한 것이 회사 내 미스터리 1위에 있을 만큼 그녀는 모든 면에서 완벽에 가까운 여자였다.

그런 여자가 의미심장한 말 한마디로 박강호를 염두에 두고 있다는 걸 공표한 것이었다.

강수연은 무거운 돌이 가슴속으로 들어오는 것을 똑똑히 느껴야 했다.

이미 2년 차 이상의 여직원들은 유태희의 선언을 들은 후 박강호와 눈조차 마주치지 않으려 하고 있었다.

아무리 마음에 든다 해도 유태희와 경쟁한다는 것은 무모한 짓이라는 걸 그녀들은 회사 생활의 경험으로 알아챈 것이 분명했다.

하지만 강수연은 인정할 수 없었다.

그녀들의 태도가 유태희로 인해 변했다는 것은 박강호를 연모하는 마음이 그만큼 적다는 것을 단적으로 증명하는 것이라 생각했다.

유태희의 위치와 직위, 그리고 천하물산에서 차지하고 있는 영향력이 얼마나 큰지는 모르지만 그녀는 박강호를 포기할 생각이 눈곱만치도 없었다.

회사는 당장 그만둬도 된다.

그녀의 집안은 회사를 다니지 않아도 충분할 정도로 배경이 탄탄했고 스스로도 옥스퍼드를 졸업할 만큼 대단한 머리를 지녔으니 수틀리면 직장을 옮길 수도 있었다.

다만, 아쉬운 것은 유태희 같은 여자와 경쟁을 해야 된다는 것이었다.

그녀의 직위와 영향력이 문제가 아니라 그녀가 지닌 아름다움과 성향이 두려웠다.

높은 직위에 있으면서도 직원들에게 한 마디 원성을 듣지 않을 정도로 유태희의 인성은 따뜻했고 외관적인 미모 역시 탤런트가 울고 갈 정도로 완벽했다.

같은 여자로서 한 남자를 두고 경쟁해야 된다면 유태희는 정말 무서울 만큼 두려운 상대일 수밖에 없었다.

　유태희의 주량은 보통이 아니었다.
　여직원들이 따라주는 폭탄주를 연거푸 마셨는데도 얼굴색 하나 변하지 않았고 몸짓에도 여유가 흘렀다.
　안주가 떨어졌고 술도 떨어졌다.
　파장 분위기가 된 것은 여종업원이 식사를 하겠느냐고 물었기 때문이었다.
　하지만 유태희는 여기서 끝낼 생각이 없었던 모양이었다.
　"제가 2차를 사겠습니다. 여러분에게 미안해서 이대로는 그냥 못 갈 것 같아요."
　"팀장님, 안 그러서도 돼요."
　우정혜가 급히 나서며 유태희의 말을 부인했다.
　무슨 뜻인지 충분히 알아들었지만 절대 그렇게 생각하지 말라는 당부가 담긴 말이었다.
　하지만 유태희는 살래살래 고개를 흔들었다.
　"미안한 건 미안한 거잖아요. 그리고 저 역시 여러분과 똑같은 상태에서 경쟁할 테니까 불청객이 끼어들었다고 너무 흥보지 말아요. 저도 시집갈 나이가 됐으니 이해해 주실 거죠?"
　"그럼요, 팀장님."
　여직원들이 급히 고개를 끄덕였다.
　하지만 박강호는 무슨 말인지 몰라서 그저 눈만 끔벅거릴 뿐이었다.

뭐가 미안하다는 것이고 갑자기 결혼 이야기는 왜 나온 것인지 정말 알 수 없었다.

슬쩍 옆을 보자 강수연의 얼굴이 하얗게 변해 있는 것이 보였다.

아까 전까지 붉어져 있던 얼굴은 웬일인지 하얗게 변해 있었고 얼굴도 무척 굳어 있었다.

"하여간, 우리 2차 가요. 제가 좋은 곳을 알고 있으니까 거기서 식사도 하고 술도 더 먹어요."

여직원들을 따라 자리에서 일어나자 취기가 갑자기 올라와 몸이 비틀거렸다.

너무 많은 술을 마셨다.

여섯 명이 번갈아 따라주는 술을 계속 마셨고 유태희가 온 이후로 축구 대회에서 MVP가 된 것을 축하한다며 다들 자신에게 집중적으로 술을 건넸기 때문에 폭탄주만 열 잔도 더 마신 것 같았다. 그뿐만이 아니었다. 중간중간 알잔으로 받은 소주도 꽤 많았다.

비틀거리며 방을 겨우 빠져나왔다.

몸이 조금씩 말을 듣지 않았기 때문에 신발을 겨우 찾아 신었다.

'은하수'에서 나온 일행들이 오른쪽 방향으로 한 무더기가 되어 걸어갔다.

여직원들은 박강호에 비해 훨씬 적은 술을 마셨기 때문에 비틀거리는 사람이 하나도 없었다.
 유태희가 안내한 곳은 '은하수'와 걸어서 5분 정도에 있는 카페였다.
 '그대의 미소와 음악'.
 특이한 이름이다.
 보통 카페들의 이름은 짧은 것이 유행이었는데 이곳은 전혀 다른 이름을 가지고 있었다.
 카페는 길거리에 있는 것이 아니라 건물의 끝 쪽에 자리 잡고 있었다.
 문을 열고 들어서자 고급스러움이 눈으로 확 들어왔다.
 모든 것이 그랬다.
 가게를 치장하고 있는 장식품과 손님들이 앉은 탁자와 의자, 그리고 서빙을 하는 웨이터까지 모두 고급스러움의 극치를 보이는 곳이었다.
 특이한 것은 한쪽 작은 무대에 갖가지 악기가 놓여 있다는 것이었다.
 피아노가 있었고 드럼과 기타, 심지어 트롬본과 트럼펫, 색소폰 등 웬만한 악기는 다 갖추어져 있었다.
 이제야 알 것 같았다.
 '그대의 미소와 음악'이라는 이름의 의미를.
 그들이 자리에 앉았을 때 한 사람이 천천히 무대로 올라가는 것이 보였다.
 멋진 양복을 차려입은 40대의 중년인.

그는 무대로 올라가 자신을 바라보는 손님들을 향해 가볍게 눈인사를 건넨 후 트럼펫을 들었는데 전혀 긴장하지 않는 얼굴이었다.

한눈에 봐도 가게에서 일하는 사람이 아니라 손님인 것 같았다.

그것을 증명하듯 그가 걸어 나온 한쪽 자리에서 일행으로 보이는 사람들이 뜨겁게 박수를 치며 작게 환호하는 것이 보였다.

그의 연주가 시작된 것은 유태희의 주도로 맥주와 식사거리가 주문된 후였다.

영원한 트럼펫의 명곡 '밤하늘의 트럼펫'이란 곡이었다.

아름다운 멜로디.

감성을 홀려 버리는 부드러운 음의 세계가 펼쳐지며 대화를 나누던 사람들의 심장을 어루만졌다.

아마추어로서는 정말 훌륭하다는 평가를 받을 만큼 그의 연주에는 깊은 감성이 담겨 있었다.

연주가 끝나자 홀을 가득 메웠던 사람들이 뜨거운 박수갈채를 보냈다.

중년의 신사는 그런 청중들을 향해 정중하게 인사하고 자신의 자리로 돌아갔다.

하지만 따뜻한 웃음에 깃들어 있는 그의 슬픈 눈망울은 사람들을 아련하게 만들기 충분한 것이었다.

곡의 이름처럼 쓸쓸하게 연주를 마친 그의 눈과 시선은 무언가 아픈 기억과 상처가 있는 사람처럼 깊이 가라앉아 있었다.

박강호는 그의 연주를 들으며 아팠던 자신의 삶을 되돌아봤다.

그와 같은 감성, 그와 같은 시선으로……

옆에 있던 유태희가 조심스럽게 입을 연 것은 술에 취해 있던 박강호가 자신의 자리로 돌아가는 중년 신사에게서 시선을 떼지 못했기 때문이었다.

"강호 씨, 왜 그러죠?"

"아닙니다. 너무 연주가 좋아서 저도 모르게 감동되었던 것 같아요."

"보기보다 감수성이 예민한 편인가 봐요. 한 잔 더 할 수 있겠어요?"

맥주잔을 들어 앞으로 내밀며 유태희가 맥주병을 들었다.

그들의 자리에 놓인 것은 국내에서 파는 맥주가 아니라 독일에서 생산된 유명한 맥주였다.

외국에서 들어왔으니 값도 비싼 게 분명했지만 유태희는 술을 시키면서 조금도 주저하지 않았다.

직위가 높은 사람은 사는 패턴과 돈의 씀씀이가 확실히 다른 모양이었다.

비록 얼굴이 붉어질 만큼 술에 취했으나 박강호는 그녀가 내민 잔을 거부하지 않았다.

그대의 미소와 음악

그가 술잔을 들자 이미 술잔을 채워놓고 기다리던 여직원들이 모두 건배를 외쳤다.

그녀들은 오늘 만남의 의미를 잊은 채 유태희의 기분을 맞춰주기 위해 최선을 다하는 것처럼 여겨졌다.

술잔이 또다시 돌았고 박강호를 잊어버린 여직원들의 관심은 온통 유태희에게 맞춰졌다.

상황이 변했다면 카멜레온처럼 행동해야 된다는 것을 고참 여직원들은 직접 몸으로 보여주고 있었다.

특히 우정혜는 더욱 적극적이었다.

"팀장님, 제가 듣기로는 팀장님의 피아노 솜씨가 보통이 아니라고 하던데요. 아까 보니까 손님들도 연주를 하는 것 같은데 팀장님께서 우릴 위해 한 곡 해주시면 안 될까요?"

"좋아요, 팀장님. 그렇게 해주세요."

여직원들은 우정혜의 제안에 한 목소리를 냈다.

물론 그 이면에 담긴 의미는 많았겠지만 외향적으로 나타난 것은 오직 연주를 듣고 싶다는 희망 사항뿐이었다.

자리에 앉아 있던 사람들이 모두 한꺼번에 제안을 해오자 유태희가 어색한 미소를 지었다.

그럼에도 뒤로 빼지는 않았다.

"지금까지 여기 온 적은 많았지만 한 번도 연주를 한 적이 없어요. 그러나 오늘은 특별한 날이니까 한번 해볼게요. 대신 잘 못했다고 흉보지 마세요."

남아 있던 잔에 담긴 맥주를 단번에 마셔 버린 유태희가 천천히 자리에서 일어났다.
 그러고는 우아한 걸음으로 무대를 향해 걸어 나갔다.
 그녀의 움직임에 술을 마시던 사람들의 시선이 몰려왔다.
 어쩌면 당연한 일이다.
 아무 짓도 안 하고 그저 앉아만 있었을 뿐인데도 홀을 가득 메운 사람들은 그녀의 미모에 연신 눈길을 주고 있었는데 그녀가 불현듯 일어나 무대로 나가니 호기심이 일어난 사람들은 행동을 멈추고 그녀를 주시했다.

 유태희는 무대로 걸어 나가며 많은 생각들을 했다.
 오늘 오전 여직원 회의에서 박강호가 인기투표 1위를 차지했다는 소식을 들었고 접근 권한을 가진 여자들이 저녁에 상견례를 한다는 이야기를 들었다.
 하루 종일 일이 손에 잡히지 않았다.
 그녀도 엄밀히 따지면 여직원이었으니 천하물산에서 비밀리에 내려오는 전통은 오래전부터 알고 있었다.
 하지만 여직원 회의에 참여한 적이 거의 없었고 그러다 보니 그런 전통에 대해서 잊어버린 채 살아왔다.
 박강호에 대한 마음을 확인했음에도 이런 일이 생길지 모른다는 생각을 하지 못한 것은 그런 이유들 때문이었다.
 불안했다.
 과연 여직원들이 모여 있는 자리에서 박강호가 어떤 모습으로 어떻게 행동할지 알 수 없었다.

그녀의 정보로는 참여자들에 천하물산에서 꽤 괜찮은 평가를 받고 있는 여직원들이 다수 포함되어 있었기 때문이었다.

연모하는 마음을 가졌고 그에 대해 많은 것들을 알아봤지만 정작 그가 좋아하는 여인상은 알아내지 못했다.

만약에 그들 중 박강호의 이상형이 있거나 꾸준한 접근으로 그가 사랑에 빠진다면 돌이킬 수 없는 일이 발생할 수도 있었다.

특히 강수연은 눈엣가시 같은 존재였다.

같은 기획실에 근무하며 오빠라는 호칭까지 쓰는 그녀는 젊고 예뻤으며 똑똑해서 그녀가 박강호에게 다가갈 때마다 마음이 불편해지는 걸 참을 수 없었다.

오늘은 한 달에 한 번씩 가족 식사를 하는 날이었다.

할아버지인 천하그룹 회장부터 현재 주요 계열사를 이끄는 작은아버지들과 오빠들까지 전부 참석해서 우애를 다지는 자리였다.

그동안 그녀는 가족 식사에 빠진 적이 없었다.

그룹의 대소사와 경영 현안 등 중요한 내용들이 그 자리에서 토의되고 결정되기 때문이었다.

그녀가 경영에 관련된 주요 기획 업무를 수시로 만들어낼 수 있는 것도 그런 영향이 컸다.

많은 고민 끝에 그녀는 아버지에게 전화를 걸어 가족회의의 불참을 알렸다.

아버지께서는 무슨 소리냐고 호통을 쳤지만 그녀는 끝내 갈 수 없는 이유를 만들어 고집을 꺾지 않았다.

사내에서는 그녀가 곧 기획경영부장으로 승진할 거란 소문이 돌고 있었으나 그것은 터무니없는 이야기였다.

기획경영부장이 아니라 그녀의 다음 자리는 천하백화점 사장이었다.

이미 회장인 할아버지는 그녀가 실무를 익히는 기간이 너무 길다며 조만간 백화점을 맡으라는 언질을 내려주었다.

처음에는 기뻤다.

이제 본격적으로 경영에 참여해서 그녀의 능력을 보여주게 되면 대권에 한 걸음 다가설 수 있었다.

하지만 박강호를 만나면서 그런 마음이 점점 줄어들기 시작했다.

그를 생각하는 마음이, 그의 모습이 꿈속에서 떠오를 때마다 그녀는 하염없는 설렘으로 오래전 소녀 시절로 돌아가 공주가 되는 꿈을 꾸었다.

잠시의 망설임을 뒤로하고 그녀는 당당히 박강호가 여직원들에 둘러싸여 있는 '은하수'로 향했다.

그리고 스스로를 다그쳐 그녀 역시 박강호를 마음에 두고 있다는 것을 공표했다.

여직원들의 얼굴이 하얗게 변하는 것을 느꼈다.

당장 내일이면 그녀에 대한 소문이 전 회사에 퍼져 나갈 것이다.

그냥 두면 말이다.

그러나 그녀에게는 그런 소문이 퍼져 나가게 만들지 않을 자신이 있었고 충분히 능력도 되었다.

여기 이곳 카페에서 나서는 순간 여직원들은 그녀가 했던 말을 전부 잊어버려야 할 것이다.

유태희가 자리에서 일어난 것은 여직원들의 요청 때문이 아니었다.

그가 자신을 여자로 봐주기를 원해서였다.

사랑하는 사람에게 잘 보이고 싶다는 마음은 모든 여자가 지닌 공통점일 것이다.

그랬기에 그의 앞에서 아름다운 선율로 자신의 마음을 고백하고 싶었다.

우아한 모습으로 유태희가 인사를 하자 호기심 어린 눈으로 그녀를 바라보던 손님들이 작은 박수를 보냈다.

그리고 그들은 유태희의 모습을 하나라도 놓치지 않겠다는 듯 눈을 떼지 않은 채 지켜보았다.

그랜드피아노에 앉은 유태희는 잠시 동작을 멈추었다가 천천히 손을 건반 위로 올려놨다.

그리고 손가락을 움직였다.

이미 무대로 나오면서 연주할 곡을 정해놨기 때문에 손가락은 잠시의 망설임도 없이 움직이기 시작했다.

'사랑한 날의 추억'.

우드 캔들이 연주하면서 수많은 피아니스트의 가슴을 울렸던 곡이었다.
 어려서부터 그녀가 유일하게 취미를 갖고 배운 것은 피아노뿐이었다.
 공부를 제외하고 어떤 것에도 관심을 갖지 않았으나 피아노의 아름다운 선율에 매료된 그녀는 시간이 날 때마다 피아노를 연주했다.
 그녀를 보고 전문가 수준이라고 했던 여직원들의 말은 사실이었다.
 비록 각종 콩쿨 대회에는 나가지 않았지만 그녀는 웬만한 프로에 뒤지지 않을 정도의 실력을 가졌다.
 잔잔한 음의 세계가 홀에 퍼져 나갔다.
 사랑을 그리워하는 한 여인의 아름다운 노래가 선율로 변해 사람들의 귀에 부드럽게 다가갔다.
 눈을 감는다.
 사람들은 하나둘씩 그녀의 연주에 좋았던 시절의 추억을 떠올리며 자신들도 모르게 미소 지었다.
 사랑이란 것은 시간의 흐름을 잊고 언제나 가슴 깊숙이 숨어 있는 것이었다.
 영원히 계속될 것 같았던 그녀의 연주가 끝나자 지켜보던 손님들로부터 우레와 같은 박수갈채가 흘러나왔다.

 "정말 대단해요, 팀장님. 전 제 첫사랑이 생각나서 눈물이 나올 정도였어요."

"고마워요."

"빈말이 아니에요. 사람들 반응을 보세요. 아직도 팀장님을 보고 있잖아요. 그 정도로 감동적인 연주는 텔레비전에서도 본 적이 없어요."

여직원들이 호들갑을 떨며 칭찬을 했지만 그녀의 시선은 박강호에게로 향해 있었다.

웬만하면 빈말이라도 칭찬을 해줄 텐데 박강호는 그저 아무런 말 없이 앉아 있기만 할 뿐이었다.

바보 같은 사내.

자리에 앉아 연주에 관한 이야기로 한참이 지날 때까지 박강호는 입을 열지 않았다.

너무 술을 많이 마셨기 때문일까.

남자들은 술을 마시면 말이 많아진다고 하던데 박강호는 오히려 그 반대인 것 같았다.

다행스럽게 그의 입을 열게 만든 것은 강수연이었다.

"오빠, 괜찮아요?"

"응, 괜찮아."

"이제 그만 마셔요. 남자가 보기보다 술이 약하네요."

"아무래도 그래야겠어. 더 마시면 집에 못 갈 것 같아."

"여기 얼음물 마셔요!"

강수연이 내민 물 잔을 박강호가 받은 후 벌컥벌컥 들이켰다.

그녀가 내민 물 잔에는 얼음이 담겨 있었으나 그는 개의치 않고 다 마신 후 고개를 흔들었다.

　아마도 정신을 차리기 위한 것 같았다.

　그 모습에 여직원들이 폭소를 터뜨렸다.

　우정혜의 입이 열린 것은 여직원들의 웃음에 박강호가 쑥스러운 표정을 지을 때였다.

　"조금 나아졌어요?"

　"예, 얼음물을 마셨더니 조금 정신이 돌아오네요."

　"박강호 씨도 팀장님 연주 들었죠?"

　"들었습니다. 아주 잘하시던데요."

　"혹시 박강호 씨는 다룰 수 있는 악기 없어요?"

　"저는 기타를 조금 배웠습니다."

　"정말! 그럼 한번 해보실래요?"

　"사람들 앞에서 연주할 실력은 되지 않아요. 포크기타를 배워서 그저 혼자 즐겼을 뿐이에요."

　"포크기타가 노래하면서 부르는 거 말하는 거죠?"

　"그렇습니다."

　"강호 씨는 목소리가 좋아서 잘할 것 같아요. 그렇죠?"

　"조금요. 하지만 썩 잘하는 건 아니에요."

　갑작스러운 질문에 박강호가 얼떨결에 수긍하자 우정혜의 얼굴이 활짝 밝아졌다.

　그런 후 유태희를 향해 얼굴을 돌렸다.

　"팀장님, 여기서 노래도 할 수 있나요?"

　"여기서 노래하는 건 한 번도 보지 못했어요. 술 취한 사람들이 소란을 피우면 가게 이미지에 타격을 입으니까요."

"여기 단골이라고 하셨잖아요. 팀장님이 카페 주인한테 부탁해서 강호 씨 노래 한번 들어봐요. 어때, 내 생각이?"

"좋아요!"

유태희를 향해서 말하던 우정혜가 동의는 구하자 옆에 있던 여직원들이 동시에 이구동성으로 화답을 해왔다.

그중에는 우려스러운 눈으로 박강호를 바라보던 강수연까지 포함되어 있었다.

궁금했기 때문이었다.

한 번도 박강호는 자신에 대해서 이야기하지 않았기 때문에 기타를 친다는 소리는 이번에 처음 들었다.

아마, 다른 여직원들도 그녀와 마찬가지 심정이었을 것이다.

관심이 있는 잘생긴 신입 사원이 그녀들을 위해 노래를 한다는 건 절대 놓칠 수 없는 기회였다.

여직원들의 제의에 박강호가 깜짝 놀라며 두 손을 흔들어댔지만 유태희는 벌써 자리에서 일어나고 있는 중이었다.

그녀 역시 공범이 되는 걸 조금도 주저하지 않았다.

유태희가 카운터를 향해 다가가자 카페 주인인 윤석환이 반갑게 맞아들였다.

"아까는 일행들하고 같이 와서 알은체를 제대로 못 했어. 맨날 오빠들하고만 오더니 웬일이야?"

"오늘은 특별한 날이라서요."

"특별한 날이라, 궁금하네. 태희한테 특별한 일이 뭐가 있을까?"

윤석환은 그녀의 정체를 알고 있었다.

그녀의 오빠들은 무슨 일이 있을 때마다 그녀를 데리고 이곳에 왔었는데 윤석환은 둘째 오빠의 친한 친구였다.

유태희는 그의 물음에 대답을 하지 않고 자신이 온 이유에 대해서 입을 열었다.

"혹시 여기서 노래할 수 있어요?"

"노래를 한다고? 누가?"

"우리 일행이 할 거예요."

"잘해?"

"글쎄요, 그건 모르겠어요. 술은 마셨지만 정신은 말짱하니까 소동을 피우거나 그러지는 않을 거예요."

"그럼 곤란한데. 저기 무대에 나가는 사람들은 자기 실력을 보여줄 수 있을 정도의 실력이 있어야 나가잖아. 그런데 실력도 모르고 술까지 마셨다면 어렵지 않겠어?"

"그러니까 부탁하는 거죠. 나한테 무척 중요한 사람이니까 오빠가 사정 좀 봐주세요."

평소답지 않은 유태희의 태도에 윤석환은 당황함을 숨기지 못했다.

그녀는 지금까지 꽤 오랜 시간을 봐왔지만 한 번도 자신에게 부탁을 한 적이 없는 사람이었다.

오히려 부탁은 가끔가다 자신이 했다.

우리나라 경제를 이끌고 가는 로열패밀리의 일원에게는 생각보다 부탁할 일이 많았다.

그랬기에 윤석환은 잠시의 고민을 접고 고개를 끄덕였다.

술에 취해 난동에 가까운 노래를 한다 해도 유태희의 입에서 중요한 사람이라는 소리까지 나온 이상 모험을 해볼 필요성이 있었다.

아니, 어쩌면 깽판을 쳐주는 것이 좋을 것 같았다.

비록 가게 운영에는 조금 타격을 입겠지만 유태희에게 빚을 지워둘 수만 있다면 더한 일도 할 용의가 있었다.

유태희가 돌아오자 여직원들은 기대에 찬 눈으로 그녀를 바라보았다.

"어떻게 되었어요?"

"카페에서 준비해 준다고 했어요."

"우와, 우리 팀장님 능력을 알고 있었지만 대단하세요!"

아부 섞인 말이 서슴없이 나왔다.

그것은 유태희에게 경쟁심을 갖고 있던 강수연에게도 해당되는 것이었다.

간절히 바라는 것이 성사되었을 때의 기쁨은 웃음을 만들어내고 더해서 과장된 찬사를 쏟아내게 하는 법이다.

하지만, 박강호의 표정은 달랐다.

여직원들에게는 흥분되는 이야기였을지 몰라도 그에게는 정반대의 상황이었다.

때맞춰 카페 직원으로 보이는 사람이 마이크와 의자까지 세

팅하는 걸 보면서 그의 표정은 당황함으로 그득했다.
 얼떨결에 대답한 말이 이렇게까지 크게 만들어질 줄은 꿈에도 생각지 못했던 것이다.
 그렇다고 이제 와서 뺄 수도 없는 상황이 되어버렸다.
 카페 측에서 유태희의 청을 받아들여 준비까지 끝냈고 여직원들이 기대에 찬 눈으로 그를 바라보고 있었기 때문에 더 이상 거절하기가 어려웠다.
 천천히 일어나 복도로 나서자 응원의 목소리가 흘러나왔다.
 "강호 씨, 파이팅!"
 힐끗 뒤돌아보니 목소리의 주인공은 다름 아닌 유태희였다.
 그녀는 이런 일을 벌여놓고 밝은 목소리로 마치 축구 시합에 나가는 선수를 응원하는 것처럼 주먹을 불끈 쥐어 보이며 활짝 웃고 있었다.

 유태희는 걸어 나가는 박강호의 뒷모습을 보면서 작은 긴장감을 느꼈다.
 저 사람.
 어느 날 문득 가슴으로 들어와 이제는 한쪽 심장의 주인이 되어버린 사람.
 보는 순간 몸이 굳어졌고 돌아서면 보고 싶어졌다.
 여직원들이 제안을 했지만 누구보다도 박강호의 노래를 듣고 싶었던 것은 바로 그녀였다.
 그랬기에 윤석환의 의미심장한 허락을 들었지만 아무런 생각조차 하지 않았다.

원하는 것을 얻기 위해서는 무언가 줘야 한다는 부담감은 지금 이 순간 아무것도 아니었다.

박강호가 노래를 못해도 상관없었다.

그가 부드러운 음성으로 자신에게 속삭이듯 흥얼거리기만 해도 그녀는 행복하게 들을 수 있을 것 같았다.

박강호가 카페에서 마련한 의자에 앉는 순간 긴장감이 확 하고 다가왔다.

그는 어느새 당황스러워했던 표정을 풀고 담담하게 자리에 앉아 있었는데 그 모습이 너무 자연스러워 보였다.

박강호는 가볍게 기침을 하고 기타를 들어 올렸다.

사람들은 그가 의자에 앉아 기타를 손에 들자 의아함을 숨기지 못했다.

이곳에 오는 사람들은 단골이 대부분이었다.

그들이 즐겨 찾는 이 카페는 아무나 노래를 부르는 저급한 곳이 아니었고 그저 프로에 가까운 손님들이 여흥을 즐기기 위해 연주하는 것만 허락된 곳이었다.

이상했다. 그러면서도 섣불리 눈을 돌리지 못했다.

특히 여자들은 더했는데 기타를 들어 올린 채 자신들을 바라보는 남자의 분위기와 외모가 쉽게 볼 수 없을 정도로 뛰어났기 때문이었다.

이윽고 사람들의 시선이 자신에게 모이자 박강호가 어색한 미소를 띤 채 인사말을 꺼냈다.

"안녕하세요. 저는 저쪽에 계신 저희 일행들이 나가서 노래하라고 떠미는 바람에 어쩔 수 없이 나오게 되었습니다. 보시다시피 저희 일행은 모두 꽃처럼 아름다운 미녀들이기에 부당한 요청을 거부하지 못하고 눈물을 머금으며 나왔다는 점을 이해해 주시기 바랍니다. 잘하지 못하더라고 강압에 못 이겨 나온 저의 입장을 헤아려 주시기를 부탁드리겠습니다."

박강호가 부드러운 음성으로 말을 이어나가자 손님들의 표정에서 의아함이 풀어지며 대신 웃음꽃이 피어올랐다.

따분한 금요일의 늦은 저녁.

식사를 끝내고 술을 마시며 분위기에 취해 있던 손님들은 젊은 사내가 그의 말대로 꽃처럼 아름다운 여자들을 가리키며 농담을 하자 자연스럽게 끌려들어 왔다.

박강호의 멘트에 조명을 받은 천하물산 여직원들이 전부 손을 들어 올리며 마치 우리가 보냈다는 듯 신호를 보내자 어떤 사람들은 박수까지 칠 정도로 분위기는 한껏 달아올랐다.

박강호의 입이 열린 것은 그런 소란이 끝난 후였다.

"제가 부를 노래는 '문밖에 있는 그대'입니다. 원곡의 가수분이 워낙 노래를 잘하시기 때문에 비교되겠지만 즐겁게 들어주시기 바랍니다."

인사를 끝내고 피크를 꺼낸 박강호가 기타의 현을 길게 훑었다.

그런 후 절묘한 손놀림으로 현을 어루만지기 시작했다.

고음과 저음을 넘나드는 그의 손이 한 마리 고아한 학처럼 날아다닐 때마다 아름다운 음들이 그 넓은 홀 사이로 퍼져 나가며 사람들의 마음속으로 파고들었다.

부드러우면서도 그 속에 들어 있는 날카로움에는 아픔이 담겨 있었고 추억과 사랑이 묻어 있는 것이었다.

이윽고 사람들의 시선을 순식간에 끌어모은 전주가 끝나자 박강호의 입이 열렸다.

그대 사랑했던 건 오래전의 얘기지
노을처럼 피어나 가슴 태우던 사랑
그대 떠나가던 밤 모두 잊으라시며
마지막 눈길마저 외면하던 사람이
초라한 모습으로 다시 돌아와
오늘은 거기서 울지만······.

사람들은 박강호가 보여준 전주를 들으며 놀랍다는 표정을 짓다가 노래가 시작되자 침묵 속으로 빠져들었다.

조용하게 들려온 그의 노래는 한 번씩 경험해 봤던 사랑의 아픔을 떠올리기에 충분한 것이었다.

사랑하는 사람을 떠나보낸 남자의 아픔이 박강호가 보내온 감성과 섞여 청중들을 숨조차 쉬지 못하게 만들었다.

그러다 결정적인 고음이 터져 나왔다.

마치 절규처럼.

노래의 정점에서 터져 나온 그의 고음은 그동안 보여주었던 저음의 부드러움을 한순간에 씻어버리며 추억에 잠겨 있던 사람들을 충격 속으로 몰아넣었다.

아… 이럴 수가.

감성이 풍부한 여자들은 물론이고 남자들까지 누구도 그가 노래하는 동안 눈을 떼지 못했다.

마치, 무언가에 홀려 있는 사람들처럼.

노래가 끝났어도 한동안 사람들은 반응을 보이지 못했다.

그런 후 하나둘씩 시작된 박수가 점점 커지며 인사를 하고 내려가는 그를 향해 천둥처럼 쏟아졌다.

그냥 박수만 친 것이 아니라 사람들의 입에서는 연신 앵콜 소리가 반복해서 울려 나오고 있었다.

박강호의 연주가 시작되기 전, 유태희는 의자까지 돌려놓고 박강호가 노래하기를 기다렸다.

박강호는 회사에서는 전혀 보여주지 않았던 여유로움을 대중들 앞에서 나타내고 있었다.

그가 던진 멘트를 들은 사람들이 즐겁게 웃는 것이 보였다.

박강호의 전혀 새로운 모습에 유태희는 잠시 긴장했던 마음이 풀어졌고 자신도 모르게 웃음을 지었다.

박강호가 손님들을 향해 그녀를 포함한 여직원들을 가리켰을 때 스스럼없이 사람들에게 손을 들었던 것은 그런 마음이 작용했기 때문일 것이다.

하지만 한편으로는 불안감도 피어올랐다.

많은 청중들 앞에서 자신이 벌인 일로 그가 창피를 당하는 상황이 발생된다면 어떤 일이 생길지 알 수 없었다.

미워할 것이다. 그리고 어쩌면 자신을 피할 수도 있었다.

그런 생각이 들자 저절로 웃음이 멈췄고 손에서 은근히 땀이 배어 나왔다.

그러나 그런 마음은 박강호가 기타의 현을 뜯는 순간 하늘 저편으로 사라지고 말았다.

홀을 가득 메우며 퍼져 나가는 아름다운 선율.

그의 기타음은 자신이 선보였던 피아노의 선율에 비해 결코 뒤떨어지는 것이 아니었다.

놀라움을 넘어선 경악.

너무 놀라 옆을 돌아보자 같이 온 여직원들은 무대에 앉아 있는 박강호의 모습을 하나라도 놓치지 않으려는 듯 눈을 부릅뜬 채 지켜보고 있었다.

이윽고 전주가 끝나자 박강호의 입에서 노래가 흘러나왔다.

요즘 한창 주가를 올리는 가수의 노래였기에 그녀도 여러 번 들어본 노래였다. 그 노래를 들을 때마다 눈을 감았었다.

사랑을 잃어버린 남자의 이야기.

단호하게 사랑하는 사람을 보내겠다는 가사였지만 그 속에 담긴 내용은 죽을 만큼 한 여자를 사랑했던 남자의 절규였다.

조용하게 흘러나온 박강호의 노래를 듣는 순간 정신이 멍해졌다.

라디오나 텔레비전을 통해 들었던 것과 천양지차의 감정이 자신의 가슴속에서 회오리치며 일어섰기 때문이었다.
저음에서 시작되어 고음으로 치솟아가는 격정에 그녀의 몸이 사시나무처럼 떨리기 시작했다.
마치 노래의 가사에 나오는 여인이 자신처럼 여겨졌다.
사랑을 앞에 두고 박강호는 울고 있었다.
노래로.
눈물이 나왔다. 사랑을 두고 어쩔 수 없이 떠나야 하는 여인이 되어 그녀는 눈물을 훔쳤다.
그와 그녀의 사회적 지위를 본다면 그럴 가능성은 농후하고도 남았다.
어쩌면 그녀는 그를 사랑이라는 이름으로 희롱하다가 지금 부르는 노래처럼 야멸차게 떠나야 할지도 몰랐다.
당황하고, 방황하고, 애써 그를 사랑하지 않으려 노력했던 것은 그런 이유 때문이었다.
그러나 그의 노래를 듣는 순간 지금까지도 남아 있던 망설임이 한꺼번에 말끔히 씻겨 내려갔다.
부모님을 비롯해서 어떤 난관도 이겨낼 자신이 생겨났다.
모든 것을 버릴 각오도 생겼고 어떤 일이 있어도 그를 얻겠다는 각오가 마치 칼날처럼 일어섰다.
슬그머니 이를 악물었다.
세상에 태어나 처음으로 사랑이라는 감정을 갖게 만든 그는 너무나 소중한 존재였다.

얻을 것이다. 무슨 일이 있어도 그를 그녀의 남자로 삼고 싶었다.

울지 마세요, 강호 씨.

나는 떠나지 않을 거예요. 어떤 난관이 있어도 나는 영원히 당신 곁을 떠나지 않을 겁니다.

강수연을 비롯한 여직원들은 박강호의 노래가 끝나고 한참이 지나도록 아무도 움직이지 않았다.

홀을 가득 메운 손님들이 우레와 같은 박수를 치며 앵콜을 요청했어도 그녀들은 그저 말없는 석상이 되어 돌아오는 박강호를 쳐다볼 뿐이었다.

다른 감정, 다른 생각.

유태희가 출현하면서 박강호를 애써 외면했던 그녀들의 눈은 언제부턴가 유태희가 출현하기 전으로 돌아가 있었다.

누군가를 마음에 두었고 그래서 먼발치에서 수시로 지켜봤다.

그 사람을 보면 가슴이 떨렸고 퇴근을 해서도 수시로 그 사람을 생각하며 가슴 아파했다.

노래하는 그를 보며 자신의 변해 버린 마음이 너무나 어리석게 여겨졌다.

좋아한다면서, 보고 싶었다면서 유태희라는 사람이 가진 권력과 지위 때문에 그토록 쉽게 포기라는 단어를 떠올린 스스로가 너무나 미웠다.

용기.

그래 어쩌면 용기가 없는 것이었는지도 몰랐다.

그리고 그나마 남아 있던 용기는 회사라는 괴물과 현실 앞에서 무용지물이 되었으니 그녀들은 자괴감으로 많은 생각에 잠길 수밖에 없었다.

그러나 단 한 사람 강수연만은 달랐다.

박강호가 자리에 앉자 강수연은 한껏 흥분된 얼굴로 날이 선 목소리를 토해내었다.

"오빠, 정말 멋있었어요. 오빠, 시간 날 때마다 그 노래를 저한테 들려주세요. 오빠가 노래를 들려준다면 무슨 일이 있어도 달려갈게요."

제31장
그녀가 사는 세상

 유태희의 기획경영부장 승진은 전격적으로 이루어졌다.
 물론 은밀하게 떠도는 소문이 있었지만 이토록 급작스럽게 이루어질지는 아무도 몰랐다.
 더군다나 지금은 인사 시즌도 아니었기 때문에 그런 예측을 한 사람은 전무할 정도였다.
 오죽하면 기획실장까지 승진이 발표된 후에야 알았을 정도로 유태희의 승진은 그야말로 파격적이었다.
 나중에 들은 바로는 그녀의 승진이 천하물산 차원에서 이루어진 게 아니라 그룹 본사에서 직접 내려왔다는 소식이 전해졌다.
 계열사의 인사를 그룹 차원에서 한 적은 지금까지 한 번도 없었으니 파격이란 단어가 정말 어울리는 일이었다.
 그녀와 더불어 인사 발령이 난 사람은 또 있었다.
 강수연.
 그녀는 유태희가 기획경영부장으로 승진하는 날 강원본부로 1년간 파견 발령이 났는데 천하물산에서 시행하는 대규모 리조트 조성 사업을 지원하라는 것이 이유였다.
 그 또한 전혀 예상치 못한 발령이었다.
 지금까지 신입 사원을 대규모 프로젝트에 파견 발령 낸 적이 없었기 때문이었다.
 대체적으로 파견 발령은 실력이 뛰어난 전문적 지식을 가진 직원을 보내는 것이 관례였으며 성공적으로 프로젝트를 완료하고 복귀하면 2호봉을 승급시켜 주었다.
 그런 면에서 강수연의 파견은 이례적이었고 한편으로는 충분히 축하받아야 할 일이었다.
 하지만 강수연은 파견 발령을 받는 순간 이를 악문 채 눈물을 흘렸다.
 무엇 때문에 자신이 갑작스럽게 발령 났는지 추측되었기 때문이었다.
 그럼에도 대놓고 따지지 못했다.
 아무리 그녀 혼자 떠든다 해도 다른 여직원들이 입을 닫아 버리는 한 박강호 때문에 유태희가 손쓴 거라는 주장은 미친년 소리를 듣게 만들 정도로 허무맹랑한 것이었다.
 총명한 그녀는 이틀 동안 가슴앓이를 하다가 쓸쓸히 원주로 떠나갔다.
 사랑이 누군가로 인해 차단된다는 아픔보다 더 슬프고 아픈 것은 자존심의 상처였다.
 한 사람으로서, 한 여인으로서 사랑을 지키지 못했다는 자괴감은 더 나은 현실을 택했음에도 그녀의 가슴에 커다란 상처를 만들기에 충분했다.

 유태희는 기획경영부장으로 취임하면서 박강호를 기획 1팀으로 데려왔다.
 부장실과 가까운 거리에서 보고 싶다는 이유도 있었지만 기획 1팀이 기획경영부장의 최측근에서 보좌하는 역할을 하기 때문이다.
 마음만 먹으면 언제든지 같이할 수 있는 자리로 박강호를 데려간 것은 그녀의 다짐이 얼마나 큰지를 알려주는 것이었다.
 할아버지인 회장을 설득하기 위해 그녀는 거의 일주일 동안 한남동을 들락거렸다.
 아직 배울 것이 많기 때문에 경영을 익히기에 최적인 천하물산에서 1년만 더 있게 해달라고 사정하기 위해서였다.
 처음에는 안 된다고 고집을 부리던 할아버지가 너털웃음을 흘리며 고개를 끄덕인 것은 그녀가 기어코 어깨를 주무르겠다며 덤벼들었을 때였다.
 할아버지는 노회한 여우이면서도 늑대였다.
 수많은 위기와 난관을 극복하면서 삶과 죽음의 경계에서 치열한 전투를 치른 사람이었으며 사람을 바라보는 눈매 하나로 기업을 성장시켜 온 철혈의 사업가가 바로 그였다.

"태희야, 좋은 일이 생긴 거지?"

"네."

단도직입적인 질문에 유태희는 공손하게 대답했다.

거짓말을 한다고 해서 통할 사람이 아니었다.

그럴 바에는 차라리 깨끗하게 인정하는 것이 훨씬 효율적이란 걸 어릴 적부터 배워왔다.

할아버지는 지금 어깨를 주무르는 태희의 따뜻한 손을 느끼며 포근한 미소를 짓고 있었다.

하지만 그 속에서는 수많은 생각들이 빛살 같은 속도로 흘러간다는 것을 알고 있었다.

"그 좋은 일 얼마까지 할 거냐?"

"1년만 할게요."

"정말 그 정도로 만족할 수 있겠어?"

"네, 충분합니다."

"그럼 그다음에는 내 말대로 할 테냐?"

유태희의 대답이 잠깐 멈췄다.

알고 있는 걸까? 그래, 알고 있을지도 모른다.

천하그룹의 정보망은 국정원에 비해 떨어지지 않을 정도로 대단했으니 어쩌면 할아버지는 그녀가 이곳을 들락거리는 일주일 동안 박강호의 존재를 파악했는지도 몰랐다.

그럼에도 유태희는 속에 있는 마음을 숨기고 태연한 목소리로 대답을 했다.

"1년이 지나면 할아버지 말씀에 따를게요."

"그래, 그래야지. 우리 태희는 현명해서 분명히 그렇게 할 거야. 그렇지?"

"네."

유태희의 대답은 밝았다.

하지만 속에 있는 생각은 완전히 달랐다.

지금은 무엇보다 박강호의 마음을 얻는 게 급했다.

그에게는 결혼을 약속한 여자 친구가 있다는 것도 알지만 1년이란 시간만 주어진다면 자신이 있었다.

그다음 일은 그 다음에 고민하고 이겨내야 한다.

"박강호 씨, 이번 주말에 나와 같이 천안 공장과 원주 리조트 건설 현장에 가야 되니까 약속 있으면 취소하세요."

"예, 부장님. 알겠습니다."

박강호는 인상을 찌푸리지 않았다.

오늘은 금요일이었는데 유태희는 여지없이 지시를 내린 후 책상을 정리하고 있었다.

박강호는 기획 1팀으로 오면서 벌써 세 달 가까이 한 번도 쉬지 못했다.

입사한 지 10개월이 되었고 남들보다 배는 노력했기에 어느 정도 일머리를 알면서부터 기획경영부장이 얼마나 중요한 자린지 충분히 이해할 수 있었다.

기획경영부장은 천하물산의 기획 업무를 전담하는 자리기도 했지만 이미 시행되고 있는 사업들에 대한 효과 분석도 겸임하면서 차후의 사업 구상을 해야 하는 요직이었다.

하지만 이건 너무 심했다.

유태희는 평일에도 수시로 그를 대동한 채 업무 관계자를 만나러 다녔고 휴일조차 쉬지 않았다.

시간이 지나면서 그녀가 자신에게 가진 감정이 어떤 것인지 대충은 짐작할 수 있었다.

처음에는 설마 하는 마음이었다.

천하물산의 여신이라 불리는 유태희는 자신과 같은 신입 사원이 상대하기에는 하늘 같은 존재였기 때문이었다.

하지만 세달 동안 거의 같은 공간에서 숨 쉬면서 그녀의 숨결이 다르다는 것을 느꼈다.

왜냐고 묻지는 않았다.

그녀는 아직까지 그에게 자신의 마음을 고스란히 드러내지 않은 채 오직 일만했으니까.

그럼에도 느낄 수 있었던 이유는 그를 바라보는 그녀의 시선이 점점 윤선아를 닮아갔기 때문이다.

사랑이란 감정은 꼭 말로 해야 알아들을 수 있는 것이 아니다.

그녀의 눈과 시선, 행동에서 몸짓으로 전달되는 것이 사랑이었으니 이미 사랑의 아픔을 경험해 본 박강호는 유태희의 마음을 짐작할 수 있었다.

그러나 한 번도 얼굴을 찌푸리지 않았다.

일로 생각하려 노력했다.

천하물산에서 꿈을 펼쳐보겠다는 그의 야망을 유태희로 인해 망칠 생각은 눈곱만큼도 없었다.

그저 윤선아에게 미안할 뿐이었다.

유태희가 워낙 시간을 주지 않았기 때문에 세 달 동안 윤선아를 만난 것은 단 네 번에 불과했을 정도로 기회가 적었다.

그녀를 힘들게 만들지 않겠다고 약속했는데 또다시 힘들게 하고 있었으니 박강호의 가슴은 점점 무거워져 갔다.

오후 1시에 회사에서 출발한 승용차는 거의 3시가 다 되어서야 천안 공장에 도착했다.

차는 박강호가 몰았는데 그는 운전면허를 회사에 입사하고 3개월 만에 땄다.

유태희는 기사를 쓰지 않고 그 비싼 차를 박강호에게 운전하도록 맡겼다.

부장은 전담 기사가 없지만 공무 출장인 경우는 회사에 소속된 기사를 쓸 수 있는데도 그녀는 항상 박강호가 운전하도록 만들었다.

초보 운전인 그가 베스트 드라이버로 바뀌기까지는 3개월이면 충분했다.

원래 운동신경이 남다른 데다가 거의 매일같이 유태희의 운전기사 노릇을 하다 보니 이제는 눈을 감고 해도 될 정도로 운전에 익숙해져 있었다.

천안 공장의 공장장은 유태희가 차에서 내리자 맨발로 달려 나왔다.

그에게 본사 기획실의 기획경영부장은 하늘 같은 존재나 다름없기 때문이었다.

그 옆으로는 충청본부의 기획부장도 모습을 보였다.

그들이 휴일임에도 이렇게 달려 나온 이유는 유태희가 지닌 권한이 얼마나 큰지를 알려주는 것이었다.

그럼에도 의문은 남는다.

공장장은 유태희가 온다는 소식을 듣고 서둘러 직원들에게 대대적인 공장 청소를 시켰고 트집을 잡히지 않기 위해 만반의 준비를 했지만 그녀가 오는 이유에 대해서는 알지 못했다.

물론 그녀가 이곳과 아무런 상관이 없는 것은 아니었으나 천안 공장을 관장하는 본사 부서는 국내영업처였기 때문에 기획실 실세가 이곳에 온 적은 한 번도 없었다.

하지만 의문을 입 밖으로 내놓을 만큼 그는 어리석지 않았다.

무슨 이유로 권한 밖의 일을 하는 건지 따지기에는 기획실의 파워가 너무 컸다.

당장 내년 예산 책정은 기획실에서 이루어지기 때문에 이번 기회에 잘 보인다면 예산을 더 타낼 수 있을지도 모른다.

"부장님, 먼발치서 뵙기만 했는데 이렇게 만나게 돼서 영광입니다."

"별말씀을요. 제가 먼저 인사를 드려야 했는데 죄송해요. 인사하세요. 여기는 저와 같이 일하는 박강호 씨라고 해요."

유태희가 공장장과 충청본부 기획부장에게 박강호를 인사시켰다.

그녀는 어디를 가든 꼭 그를 인사시키며 앞으로 천하물산을 이끌어갈 차세대 주자라는 말을 아끼지 않았다.

그럴 때마다 얼굴이 붉어졌지만 박강호는 정중하게 산하기관의 상사들에게 인사를 했다.

지금은 예하 기관에서 근무하는 사람들이지만 언젠가는 본사에 입성해서 자신의 직속 상사로 근무할지 모르는 사람들이었다.

유태희는 공장의 이곳저곳을 둘러보며 수출 현황을 꼼꼼히 체크했고 문제점에 관한 것들도 일일이 들으며 수첩에 기록했다.

하는 행동만 봐서는 감사를 나온 것과 비슷한 모습이었기에 공장장과 충청본부의 기획부장은 긴장된 얼굴을 풀지 못한 채 내내 그녀의 꽁무니를 쫓아다녔다.

그녀가 천안 공장을 모두 둘러보고 공장 밖으로 빠져나온 것은 거의 1시간 반이 흐른 후였다.

"공장장님, 청소 열심히 하셨네요. 하지만 기계 상태가 좋지 못한 게 많아요. 아무래도 천안 공장의 효율이 떨어지는 게 그것 때문인 것 같네요."

"기계가 노후화되다 보니 어쩔 수 없습니다. 근래에 국내영업처에서 생산 장비 교체 계획이 있다고 들었습니다. 교체가 끝나고 나면 효율은 다시 올라갈 겁니다."

"좋은 기계를 들여오면 당연히 올라가겠죠. 하지만 제가 말씀드리는 것은 기계 관리에 관한 것이에요. 노후화되었어도 제대로 정비하고 관리한다면 효율의 저하를 막을 수 있을 테니까요. 그렇지 않나요?"

"그건 그렇습니다만……."

"걱정하지는 마세요. 오늘 본 것은 국내영업팀에는 입 다물어줄게요. 대신 생산 장비 관리는 철저히 하셔야 돼요. 알았죠?"

"네, 감사합니다."

"그리고 오늘 공장장님이 말씀하신 문제점들은 제가 본사에 올라가서 해결해 드릴게요. 그러니까 저 가고 나서 욕하지 마세요."

"그럴 리가 있겠습니까. 오래 묵은 어려움을 해결해 주신다는데 제가 절이라도 해야죠."

"그렇게 생각해 주시니 다행이네요. 저는 이만 가볼 테니 고생하세요."

유태희가 차에 올라타고 정문을 빠져나가자 공장장의 얼굴이 붉게 달아올랐다.

도대체 영문을 몰랐기 때문이었다.

"김 부장, 도대체 이게 뭔 일이야?"

"글쎄요."

"이주 전에 국내영업처에서 다녀갔는데도 기획실에서 왔단 말이지. 그것도 휴일에. 무슨 꿍꿍일까?"

"잔뜩 지적 사항을 노트에 적어놓는 거 보셨죠? 이거 암행감찰 아닙니까, 사장님 밀명을 받은?"

"야, 살 떨리는 소리 하지 마라. 그럼 난 모가지야!"

"말해놓고 보니 저도 떨리네요. 설마 그럴 리는 없겠죠?"

"쟤가 나이는 어리지만 실세 중의 실세라며?"

"저도 그렇게 들었습니다."

"너무 쉽게 말하는 게 더 불안해. 담당 부서인 국내영업처에는 통보하지 않겠다고 한 게 너무 찜찜하단 말이지. 아, 씨발. 내 팔자가 말년에 왜 이러냐."

"하여간 너무 걱정하지 마십시오. 떠날 때 저리 예쁘게 웃어놓고 등 뒤에서 칼을 꽂겠습니까."

충청본부 기획부장은 공장장을 안심시키는 말을 했지만 얼굴은 잔뜩 굳어져 있었다.

만약 이 사실이 사장 귀에 들어가는 날에는 자신이 모시고 있는 충청본부장까지 문책을 받을 수 있기 때문이었다.

"부장님, 바로 올라갈까요?"

"아뇨, 여기서 서해가 가까워요. 거기로 가죠."

"거긴… 왜?"

"회나 한 접시 먹으려고요. 낙조를 보면서 회를 먹는 게 꽤 낭만적이거든요."

그녀가 사는 세상

"그럼 어디로 방향을 정하는 게 좋겠습니까?"

"송악으로 가요. 거기 내가 잘 아는 횟집이 있어요."

유태희가 손짓으로 방향을 지시했다.

그녀는 이곳 지리를 잘 아는지 박강호가 멈칫거리자 여지없이 손가락으로 방향을 틀었다.

천안에서 서해까지는 거의 1시간이 걸린다.

더군다나 밥까지 먹으려면 오늘도 집에 일찍 들어가는 건 어려울 거란 판단이 들었다.

공장에서 일찍 빠져나왔기 때문에 늦게라도 윤선아를 만나려던 생각은 유태희의 지시를 들으며 일찌감치 포기해야 했다.

유태희는 조금의 빈틈도 보이지 않고 그의 일과를 컨트롤하고 있었다.

천안까지는 고속도로를 이용했지만 송악으로 이동하는 길은 국도와 지방도를 번갈아 탔기 때문에 예상했던 시간보다 훨씬 더 걸렸다.

하지만 지루할 새가 없었다.

천안으로 올 때는 서류에 파묻혀 있던 유태희가 식사를 하기 위해 송악으로 갈 때는 옆에 앉아서 계속 말을 했기 때문이었다.

그녀의 화제는 끊임없이 이어졌다.

정치, 경제, 사회.

오일 머니가 어디로 투자되고 미국의 경제 상황이 어떻게 흘러가는지, 현재의 정치 이슈는 무엇이고 앞으로의 향방은 어떻게 흘러갈지에 대해서 그녀는 마치 학생에게 강연하는 여교수처럼 운전하는 박강호가 알아듣기 쉽도록 자세히 설명해 주었다.

부담스러움은 어느새 사라졌고 박강호는 그녀의 말에 집중하느라 신호등마저 어길 정도였다.

그녀가 이야기하는 하나하나는 돈 주고도 살 수 없는 최고급 정보였기 때문이었다.

자신도 모르게 질문을 했고 그녀의 대답이 이어졌다.

일을 하면서 수없는 고민과 갈등한 부분들이 그녀와의 대화에서 실타래가 풀려나가는 것처럼 술술 풀려나갈 때마다 박강호는 감탄을 숨기지 못했다.

그녀는 그를 계속 데리고 다녔지만 매번 이런 기회를 주지는 않았다.

가끔가다, 일이 아닌 다른 볼일, 즉 이렇게 식사를 하거나 자신의 취미를 위해 대동할 때만 박강호가 듣고 싶어 하는 이야기를 꺼냈다.

관심 있는 이야기를 듣다 보니 시간이 어떻게 흘러가는지 알 수 없었다.

마음 같아서는 부산까지라도 가고 싶었으나 아쉬운 시간은 쏜살같이 지나고 눈으로 송악이라는 표지판이 들어왔다.

그녀는 송악에 들어서서도 계속해서 손짓으로 방향을 가리켰는데 10분여를 더 운전해서야 목적지에 다다를 수 있었다.

한적한 바닷가에 위치한 횟집.

포구에는 배가 드문드문 떠 있었고 그 배에서는 어부들이 잡은 고기를 내리느라 부산하게 움직이는 것이 보였다.

"여긴가요?"

"조금 외지죠. 하지만 회 맛은 끝내주니까 기대해도 돼요."

"어부들이 직접 잡는 모양이네요. 막 잡았으니까 싱싱하겠어요."

"조금 있으면 낙조가 시작될 거예요. 낙조를 보면서 먹는 회 맛은 최고랍니다. 저는 가끔가다 이곳에 오곤 해요. 너무 아름답거든요."

그녀의 말을 사실이었다.

회를 시켜놓고 잠시 있자 서해로 가라앉은 해가 하늘을 잠식하며 화려한 불꽃을 피워 올렸다.

구름이 꽃이 되었고 바다가 새로운 세상을 열면서 수많은 그림들을 만들어냈다.

살아오면서 이런 아름다움은 단연코 처음이었다.

그랬기에 박강호는 바다 쪽에 시선을 둔 채 움직이지 못하고 하염없이 낙조를 바라보았다.

박강호는 바다를 바라보고 있었지만 유태희의 시선은 그의 옆모습으로 향해 있었다.

낙조보다 그녀의 마음속에 더 예쁘고 더 아름다운 모습으로 다가온 남자를 향해.

오똑하게 솟은 코와 낙조를 바라보는 눈의 조화, 그리고 사

나이답게 만들어진 턱선.

그 어느 것도 낙조보다 아름답지 않은 것이 없었다.

그녀의 눈이 시선을 떼고 움직인 것은 박강호의 얼굴이 그녀를 향해 돌아왔을 때였다.

"아름답죠?"

"네, 그러네요. 저는 이런 아름다움을 처음 봐요."

"그럴 것 같아서 오자고 했어요. 박강호 씨가 살아가는 모습만 봐도 알 수 있었거든요."

"어떤 모습이 그렇던가요?"

"회사에서 박강호의 모습은 치열함 그 자체였어요. 사람은 현재 모습이 그 사람의 지나온 과거를 설명한다고 했으니 아마 강호 씨는 예전에도 그렇게 살아왔을 거란 생각이 들었어요. 제 말이 틀렸나요?"

"…맞습니다. 가만히 생각해 보니 그랬던 것 같네요."

"우리 술 한잔할까요?"

"운전을 해야 되는데 술을 마실 수는 없죠."

"괜찮아요. 대리운전 해달라고 하면 되니까요."

"서울까지는 꽤 먼 거리라서 비용이 만만치 않을 겁니다. 제가 부담되기도 하고요."

박강호가 불편을 기색을 보였지만 유태희는 막무가내였다.

그녀는 그러면서도 웃음을 잃지 않았다.

"이런 멋진 낙조 속에서 그런 것 때문에 술 한잔 못 한다는 건 말도 안 돼요. 그러면 우리가 너무 낭만 없어 보이잖아요."

"그러면 저는 한 잔만 하겠습니다."

박강호가 고집을 꺾자 유태희가 활짝 웃으며 소주를 시켰다.

절대 싼 술을 먹지 않을 것같이 생긴 그녀는 소주를 시키면서도 전혀 어색함이 없었다.

술이 나오자 유태희는 박강호의 잔에 먼저 따르고 잔을 내밀어 자신의 잔에 술이 따라지기를 기다렸다.

그런 후 잔을 들어 박강호의 술잔에 부딪쳤다.

"오늘은 강호 씨 이야기를 들어보고 싶네요. 그동안 살아온 이야기 말이에요. 해주실 거죠?"

"상사로서의 직원에 대한 명령인가요?"

"그렇다고 해두죠."

"그럼 말씀드리겠습니다."

박강호는 지그시 유태희를 바라보며 자신의 손에 들려 있던 술잔을 단숨에 비웠다.

그러고는 살아온 자신의 인생에 대해서 이야기하기 시작했다.

그가 이야기를 하겠다고 마음먹은 것은 아주 간단한 이유 때문이었다.

가난한 집안에 대해서 이야기하면 그녀의 마음이 변할지도 모른다는 기대 때문이었다.

그랬기에 집안이 가난하다는 것과 가족들에 대한 것들을 위주로 이야기를 풀어나갔다.

물론 그중에는 고등학교와 대학에 다니면서 갖가지 아르바이트를 한 내용도 포함되어 있었다.
 그녀가 들으면 결코 좋아하지 않을 내용들이었다.
 하지만 이야기를 듣는 그녀의 표정은 조금도 변하지 않았다.
 "꽤나 어렵게 자랐군요. 꽤 힘들었겠어요."
 "그때는 힘들었지만 지금은 추억이 되었습니다. 그리고 저는 그 추억을 잊지 않을 겁니다."
 "한 잔 더 하세요. 그러면 저도 제 이야기를 해드릴게요."
 "한 잔만 하겠다고 약속했는데 그걸 깨란 말씀인가요?"
 "저에 대해서 궁금하지 않으세요? 지금까지 누구에게도 제가 누군지 알려주지 않았는데 말이에요."
 "그렇다면 한 잔만 더 하겠습니다."
 여자로서의 그녀에 대해 궁금한 것이 아니었다.
 오직 그의 궁금증은 천하물산 여신으로 통하며 무차별적으로 승진해 나가는 그녀의 정체가 궁금했기 때문이었다.
 그녀가 아무리 똑똑해도 그녀의 승진은 비상식적인 것이었다.
 회사는 실적이 최우선이라고 하지만 천하물산에는 그녀와 비슷한 학벌과 인맥을 가진 사람이 숱하게 많았다.
 그럼에도 그녀는 단연 독보적이었다.
 궁금했다.
 천하물산에서 자신의 꿈을 펼쳐 보이겠다는 박강호에게 그녀는 불가사의한 인물이나 다름없었다.
 그랬기에 박강호는 약속을 어기면서까지 그녀의 이야기를 듣고 싶었다.

앞에 놓인 잔을 또다시 비웠다.

그녀는 그가 술을 마실 때까지 말없이 기다렸기 때문이었다.

유태희의 입이 열린 것은 박강호가 술잔을 비우고 묵묵히 그녀를 바라볼 때였다.

"나는 무척 부유한 집안에서 태어났어요. 어른들께서는 제가 어려서부터 무척 총명했다고 하더군요. 공부가 재미있었어요. 그리고 저희 부모님은 독과외를 시켜가며 저를 교육시켰어요. 강호 씨와는 전혀 다른 환경에서 자라난 거죠."

그녀는 잠시 말을 끊고 자신 앞에 놓여 있는 술잔을 비웠다.

그런 후 천천히 이야기를 이어갔다.

"언제나 중학교 때까지 전교 1등을 놓쳐본 적이 없어요. 중학교를 졸업하고는 미국으로 유학을 떠났죠. Brearley school이란 미국에서 톱을 달리는 명문 고등학교였어요. 제가 하버드 출신이란 건 아시죠?"

"네, 들었습니다."

"하버드에서는 저의 지원을 흔쾌히 허락했어요. 고교 성적이 워낙 우수해서 4년 장학금을 준다고 하더군요. 자, 한 잔 더 해요."

"부장님, 더 마시면 운전을 못 합니다."

"제가 왜 천하물산에서 이렇게 초고속으로 승진하는지 듣고 싶지 않나요?"

그녀의 질문에 박강호는 또다시 고민에 빠졌다.
하지만 결정은 그리 오래 걸리지 않았다.
지금 이 순간이 아니면 그녀의 이야기를 듣기는 힘들 거란 판단이 내려졌기 때문이었다.
"알겠습니다. 마시겠습니다. 무엇보다 궁금한 이야기였으니까요."
유태희는 박강호를 술 마시게 하려고 작정한 사람처럼 여겨졌다.
그렇게 박강호의 잔은 또 비워졌다.
"하버드를 졸업하고 2년 동안 시티그룹에 스카우트되어 일을 하다가 천하물산에서 입사 제의가 있어 국내로 들어왔어요. 그리고는 천하물산의 차장으로 근무한 게 벌써 6년 전이네요. 그리고 팀장에 이어 부장까지 올랐죠. 그야말로 남들이 봤을 때는 초고속 승진이에요. 차장으로 입사한 것부터 이해가 되지 않는 일이겠죠. 아무리 하버드를 졸업하고 세계 유수의 기업에서 일했다 해도 차장으로 스카우트하는 경우는 거의 없거든요. 천하물산이 그렇게 호락호락한 회사는 절대 아니니까요. 부장까지 올라오는 과정도 마찬가지예요. 강호 씨는 이해가 되세요?"
"부장님께서 회사 측에 막대한 이득이 되는 기획안을 여러 번 성공시킨 것으로 알고 있습니다. 직원들도 그런 것을 초고속 승진의 배경으로 생각하더군요."
"아니에요. 물론 제가 그런 기획안을 만든 건 사실이지만 진짜 비밀은 따로 있어요. 알고 싶죠?"
"네."
"그럼 한 잔만 더 마셔요."
이젠 거부할 수조차 없다.
그녀의 이야기는 마력처럼 박강호를 옭아매서 따라주는 잔을 마다할 수 없었다.
유태희는 그가 잔을 비울 때까지 기다렸다가 굳게 결심한 듯 입을 열었다.
"강호 씨가 술을 마셨으니 이제 말해야겠네요. 지금까지 아무도 몰랐던 비밀을 말이죠. 제 할아버지가 바로 천하그룹의 회장님이세요. 아버지는 천하전자의 사장님이시고요."
그녀의 말에 박강호는 아무 말도 하지 못하고 눈만 끔벅거렸다.
믿기지 않는 사실.
그녀의 말은 그녀가 사실 하늘에서 내려온 천사라고 우기는 것과 비슷할 정도로 믿기 어려운 것이었다.
그럼에도 유태희는 말을 마치고 박강호를 그윽하게 쳐다보고 있었다.
박강호가 아무런 말도 하지 못하고 있자 그녀의 시선이 더욱 진해졌다.
"믿기지 않나요?"
"솔직히 믿기지 않습니다."
"왜죠?"

"너무 갑작스럽고, 또 현실적이지 않으니까요."

"그럴 수도 있겠네요. 하지만 그렇게 된 데에는 다른 이유가 있어요. 할아버지는 제가 천하그룹을 이끌어가는 차세대 주자 중의 한 명이라고 생각하세요. 위로는 오빠 두 분이 계시지만 할아버지는 무한 경쟁을 통해 천하그룹을 글로벌 톱으로 만들 수 있는 후계자를 키우고 싶어 하셨어요. 그래서 저는 시티그룹을 떠나서 천하물산으로 들어온 거예요. 그리고 실무에 투입되었죠. 진짜 경영인이 되기 위해서는 밑바닥부터 알아야 된다는 할아버지의 신념 때문이었어요."

"으......"

박강호의 입에서 신음과 같은 탄식이 흘러나왔다.

그녀의 눈은 너무나 진지해서 도저히 거짓말로 여겨지지 않았다.

유태희는 그런 그의 반응을 보며 점점 얼굴이 굳혀갔다.

"나는 원래 이번 인사 때 천하백화점의 사장으로 내정되어 있었어요. 하지만 기획실에서 1년만 더 근무하겠다고 제가 강하게 주장했어요."

"왜 그런 결정을……?"

"바로 당신 때문이에요. 강호 씨는 내가 왜 그동안 휴일까지 당신을 내 옆에 있게 했는지 짐작하고 있죠?"

"대충은 알고 있었습니다."

"다행이네요."

"하지만 부장님, 저에게는 결혼을 약속한 사람이 있습니다.

그리고 저는 부장님께 전혀 어울리지 않는 사람입니다."

"당신한테 다른 사람이 있다는 거 나도 알아요. 그리고 나와 어울리지 않는다는 것도. 하지만 사람이 사람을 사랑하는 데 그게 그렇게 중요한가요."

박강호의 말을 듣고도 유태희는 표정을 바꾸지 않았다.

그리고 그녀는 가면을 쓴 사람처럼 굳어진 목소리로 단호하게 말을 이어나갔다.

"당신이 사랑하는 사람처럼 나도 할 수 있어요. 나에게도 기회를 줘요. 당신을 사랑할 수 있는 기회를 주세요."

박강호는 그녀의 말을 듣고 이를 악물었다.

참으로 인생 지랄 맞다.

고등학교 시절 블랙 서클에 들었을 때부터 노는 여자애들의 관심을 한 몸에 받았다.

그때는 노는 애들이니 당연히 그러려니 했고 은근히 그런 상황을 즐기기까지 했다.

하지만 여자들의 관심은 대학에 와서도 마찬가지였다.

집안 형편이 어려워 아르바이트에 정신이 팔렸고 군대를 제대한 후에는 미친 듯 공부했기 때문에 여자를 사귈 기회가 없었을 뿐 마음만 먹었더라면 수많은 여자들을 울렸을 것이다.

같은 과에 다니는 여자들뿐만 아니라 도서관에서 공부했을 때 관심을 보였던 사람들, 서클에서도 마찬가지로 많은 여자들이 그를 좋아했었다.

그런데 이렇다.

회사 오너의 골드클래스 딸이 자신을 사랑한다며 고백을 하다니 이건 해도 너무한 일이었다.

더군다나 그녀는 천하물산의 여신으로 불리는 사람이었고 자신의 직계 상사였다.

천하물산에서 자신의 꿈을 펼치겠다고 결심한 후 각고의 노력을 했던 대학 생활이 파노라마처럼 펼쳐졌다.

이대로 유태희의 마음을 받아들인다면 그는 아마 새로운 세상을 경험하게 될 것이다.

자신의 꿈을 완벽하게 펼칠 수 있는 새로운 세상을 말이다.

물론 그는 재벌가의 행태를 너무나 잘 알고 있었다.

재벌가는 재벌가끼리, 또는 권력가와 정략결혼을 하는 모습을 언론을 통해 수시로 봐왔다.

그들의 결혼은 사랑이 아니라 필요에 의해 결정되었고 당연한 일로 받아들여졌다.

그것이 그들이 사는 세상이다.

많은 것을 가진 자들의 세상은 사랑을 인정하지 않았고 돈과 권력이 정의이며 그들이 살아가는 세상의 전부였다.

그런 것을 감안했을 때 유태희가 아무리 사랑 타령을 한다 하더라고 결혼까지 이르기에는 수많은 난관에 부딪칠 것이다.

그럼에도 얻는 건 상상할 수 없을 정도로 많다는 것 또한 안다.

유태희의 말이 사실이라면, 그리고 그녀의 사랑이 진심이라서 결혼만 할 수 있다면 그는 어쩌면 천하그룹을 송두리째 가질 수 있는 기회를 얻을 수 있을지도 모른다.
그럼에도 그녀의 말을 듣는 순간 분노가 치밀어 올랐다.
바보 같은 놈.
그 짧은 순간에 자신의 안위와 출세를 생각하다니.
사랑하는 사람 윤선아의 얼굴이 높은 자리에 올라 직원들을 내려다보는 자신의 얼굴과 겹쳐지며 떠올랐다.
고개를 흔들었다.
내가 살아가는 인생은 한 번도 비겁하지 않았다.
어떠한 일이 생겨도 그것은 변할 수 없다.
그랬기에 그녀를 향해 자신에 대한 마음을 접으라는 말을 단호하게 꺼내려 했다.

건넌방 쪽에서 거친 사내들의 욕설이 터져 나온 건 긴장된 눈으로 바라보는 유태희를 향해 박강호가 천천히 입을 열려고 할 때였다.
"에이, 씨발. 이걸 회라고 떠 왔어. 무슨 회에서 비린내가 풀풀 풍겨. 손님을 좆으로 아는구만. 주인, 너 죽고 싶어?"
"손님 왜 이러세요. 다 드시고 이제 와서 그러시면 어쩌란 말입니까."
사정하는 주인아저씨의 목소리가 떨려 나오는 걸 확인하고 박강호의 얼굴이 일그러졌다.
횟집에 들어올 때 왁자지껄하게 음식을 먹고 있는 사내들의 목소리를 들었는데 아마도 행패를 부리는 자들은 그놈들인 것 같았다.

거친 목소리는 주인의 겁먹은 목소리를 듣자 더욱 커졌다.

"야, 이 씨발놈아. 네 눈은 동태 눈깔이냐. 여기 회 남은 거 안 보여? 다 먹긴 뭘 다 먹어?"

안 봐도 비디오다.

놈들은 실컷 처먹고 음식값을 내기 싫어 행패를 부리는 것이 분명했다.

결국 주인이 사과하는 소리가 들려왔다.

주인은 억울했지만 주먹을 내세우며 행패를 부리는 놈들을 당해내지 못한 채 고개를 숙였을 것이다.

잠시의 소란은 그렇게 끝나고 놈들이 몰려 나가는 소리가 들려왔다.

고개를 돌렸다.

그리고 다시 자신의 마음을 전하려 했을 때 유태희가 바깥에서 벌어진 소란에 겁에 질려 있는 것이 보였다.

회사에서는 그렇게 당당했던 그녀도 거친 세계와 부딪치자 연약한 여자의 모습을 숨기지 못했다.

그 모습을 보면서 결국 박강호는 하려 했던 말을 멈추고 말았다.

겁에 질려 있는 여인에게 상처를 준다는 것은 정말 못할 짓이란 생각이 들었기 때문이었다.

그랬기에 그는 해야 할 말을 숨길 수밖에 없었다.

"부장님, 이제 일어나시죠. 벌써 9시가 다 되어갑니다. 돌아가셔야 합니다."

"알았어요."

의외로 유태희는 박강호의 제안에 순순히 수긍을 하고 자리에서 일어났다.

"정말 그렇게 예뻤냐?"
"그렇다니까. 아까 화장실에서 나오다가 봤는데 완전 영화배우더라고."
"이 새끼, 아니면 죽는다."
"씨발, 내가 보통 눈이냐. 걱정하지 마. 한번 보면 네 가운데 대가리가 벌떡 설 테니까."

머리를 노란색으로 염색한 놈이 껌을 질겅질겅 씹고 있는 놈에게 인상을 긁었다.

자신의 말을 믿지 못하는 친구 놈이 기분 나빴던 모양이었다.

하지만 그 말을 들은 나머지 놈들이 동시에 낄낄거리며 웃었다.

마지막 말이 놈들의 성적 욕구를 충동했기 때문이었을 것이다.

놈들은 횟집에서 나와 으슥한 곳에서 유태희가 나오기를 기다리고 있었다.

초량리에서 함께 커온 놈들은 송악에서 나쁜 짓을 골라 하며 살아가는 놈들이었다.

놈들에게는 모든 것이 불법이었다.

슈퍼에 들어가도 물건을 그냥 들고 나왔고 음식점에서 밥을 먹으면 무조건 트집을 잡아 공짜로 배를 채웠다.

그건 그동안 그놈들이 저지른 패악에 비교하면 약과다.

놈들은 이곳이 대도시보다 치안이 약하다는 약점을 알고 있었기 때문에 수시로 강도 짓을 일삼았고 혼자 다니는 여자를 발견하면 강간을 서슴지 않았다.

강간을 해도 여자들이 신고를 하는 경우는 거의 없었다.

그것이 놈들의 간을 배 밖으로 꺼내놓았다.

사진을 찍어놓고 사방에 뿌리겠다고 협박하면 여자들이 찍 소리도 못 한다는 것을 경험으로 안 이후 점점 놈들의 행동은 과감해졌다.

오늘도 마찬가지였다.

비록 유태희가 남자와 함께 있다는 사실을 알고 있었지만 아무런 걱정조차 하지 않았다.

일행의 숫자는 다섯이었기 때문에 남자 하나 처리하는 것은 일도 아니라고 생각했기 때문이었다.

오히려 더 스릴 있는 일이었다.

남자 놈은 분명 여자의 애인일 것이다.

그런 놈을 묶어놓고 여자를 강간하는 것은 홍분이 극에 달할 정도로 즐거운 일이었다.

"운전할 수 있겠어요?"

"괜찮습니다."

유태희의 질문에 박강호가 무겁게 대답했다.

이 또한 그녀의 작전이었을까.

횟집에는 아예 대리운전이 없었다.

하긴 이처럼 외진 횟집까지 누가 오겠는가.

"운전하기 어려우면 조금 쉬었다 가요. 잠시만 쉬면 술이 깨지 않을까요."

"술에 취하지 않았습니다. 그리고 지금 올라가야 내일 원주에 갈 수 있어요."

"원주 일정은 취소해도 돼요."

"그럴 수는 없죠. 술 때문에 계획된 일을 취소한다는 건 아닌 것 같습니다."

"그렇다면 조심해서 운전하세요."

잠시 쉬었다 가자는 그녀의 말을 오해하진 않았다.

여기에는 모텔도 없었고 유태희는 그럴 정도로 속이 뻔히 보이는 어리석은 여자가 아니다.

시동을 걸고 천천히 도로로 나섰다.

횟집에서 지방도까지는 200m 정도를 나가야 했는데 길은 겨우 차가 교행할 정도로 좁았다.

놈들이 차를 가로막고 나선 것은 횟집에서 100m 정도 나온 지점이었다.

길이 좋지 않았기 때문에 속도를 높이지 않아서 다행이지 조금만 속도가 높았더라면 치고 나갈 정도로 놈들은 갑작스럽게 튀어나왔다.
 박강호는 차를 멈추고 다가오는 놈들을 바라보다가 유태희를 향해 입을 열었다.
 "내가 나가볼 테니 문 잠그고 기다리세요."
 "강호 씨, 나가지 마요. 무서워요."
 "놈들이 가로막고 있어서 어차피 내려야 돼요. 내 말대로 하세요."
 박강호가 차 문을 열고 나서며 차 문을 잠갔다.
 그런 후 차를 막고 늘어선 놈들을 향해 걸어갔다.
 그의 음성은 어느새 스산하게 변해 있었다.
 "차를 가로막은 이유가 뭐냐?"
 "이 새끼 목소리 까는 것 좀 보소. 죽을라고 뺵을 쓰는구만."
 노랑머리가 이죽거리며 징그러운 미소를 흘렸다.
 놈은 숫자를 믿었기 때문에 당당하게 나선 박강호의 태도를 우습게 보는 것 같았다.
 박강호가 입고 있던 양복을 벗어서 승용차의 보닛에 던진 것은 놈의 태도를 확인한 후였다.
 보나 마나 시비를 거는 행위다.
 놈의 목소리는 횟집에서 주인에게 욕설을 퍼부었을 때 들었던 것과 비슷했다.
 "돈이 필요하냐?"
 "돈 많은 모양이네. 얼마나 줄 테냐. 한 일억 정도 주면 그냥 보내줄 수 있는데."

"그럼 목적이 뭐냐. 목적을 말해!"

"우리가 돈도 필요하긴 하지. 하지만 그것보다 더 필요한 건 저년이야. 맞고 죽을래, 아니면 조용하게 구석에 찌그러져서 재미나게 구경이나 하고 있을래?"

"미친새끼들이군."

"이 새끼가 나를 흥분되게 만드네. 어디 좆나게 터지고도 그런 소리가 나오는지 보자."

노랑머리가 썩은 미소를 흘린 후 허리춤에서 칼을 꺼내 들었다.

잭나이프.

손잡이가 날렵한 잭나이프는 예리하게 날이 갈려 달빛을 받아 푸르게 빛나고 있었다.

보통 사람들은 상대방이 칼을 꺼내는 순간 기가 죽게 되어 있다.

칼에 찔리는 순간 치명상을 입게 된다는 두려움이 그런 마음을 갖게 만든다.

하지만 박강호는 놈의 협박에 쓴웃음을 지은 후 천천히 놈에게 다가갔다.

시간이 아까웠다.

이런 놈들 때문에 서울로 가는 시간이 늦어진다는 게 마음에 들지 않았고 더불어 유태희로 인해 답답해진 가슴을 풀어내고 싶었기에 더 이상의 대화를 생략하고 칼을 돌리는 놈을 향해 움직였다.

하고 싶었던 말을 다 하지 못한 것에 대한 답답함을 풀어낼 수만 있다면 무슨 짓이라도 할 수 있을 것 같았다.

더군다나 놈들이 노리는 것은 유태희였다.

가장 비열하고 더러운 놈들.

약한 여자를 강간하겠다고 덤비는 놈들은 살아갈 가치조차 없다.

박강호는 다가가는 탄력을 이용해서 그대로 놈의 가슴팍을 걷어찼다.

노랑머리는 박강호가 갑작스럽게 다가오자 얼떨결에 칼을 찔러왔지만 명치를 정확하게 얻어맞고 돼지 멱따는 소리를 지르며 바닥에 뒹굴었다.

박강호는 거기서 멈추지 않고 뒤에서 상황을 지켜보며 웃고 있는 놈들의 무리를 향해 뛰어들었다.

분노.

그렇다 그의 마음속에 들어 있는 것은 분노가 맞을 것이다.

대학 때 전국에서 난다 긴다 하는 실력자들과 사투를 벌였던 그에게 동네 양아치 놈들은 하루살이처럼 하찮은 존재들이나 다름없었다.

무리로 뛰어든 박강호의 주먹이 무차별적으로 쏟아져 나갔다.

숫자를 믿고 한꺼번에 덤벼온 놈들은 한 방 한 방에 차례대로 나가떨어졌다.

박강호의 주먹은 정확하게 급소만 골라서 가격했기 때문에 몇 대 맞지 않았는데도 양아치들은 바닥을 설설 기어 다녔다.

손을 대지 않았다면 모를까 손을 댔을 때는 완벽하게 제압하는 것이 박강호의 싸움 방식이었다.

바닥에서 설설 기는 놈들을 향해 확인 사살을 한 것도 그 때문이다.

뒷다마를 까지 못하도록 만드는 것은 다시는 덤빌 생각조차 갖지 못하게 짓이겨 놓는 방법뿐이다.

불과 오 분도 걸리지 않은 싸움.

그 짧은 시간에 다섯 놈은 사이좋게 바닥에 드러누워 곧 벌레처럼 기어 다니고 있었다.

박강호의 입이 무겁게 열린 것은 힐끗 유태희를 확인한 후였다.

"일어서라. 셋 셀 동안 일어나지 않으면 정말 죽여 버리겠다."

정말 죽일지도 몰랐다.

지금까지 양아치 짓을 하면서 이토록 두려움을 가진 적은 한 번도 없었다.

다시 일어나 덤빈다는 것은 꿈에도 생각하지 못할 정도로 지금 자신들을 노려보고 있는 사내가 악마처럼 여겨졌다.

놈들이 숨을 쉬기 어려울 정도의 고통을 참으며 간신히 일어선 것은 그런 두려움이 있었기 때문이었다.

제32장
청혼

컴컴한 어둠 속.

박강호가 승용차 문을 열고 나서자 유태희는 두려운 눈으로 그의 행동을 지켜보았다.

횟집에서 보여줬던 행동은 가식이었다.

자신의 마음을 고백한 후 대답을 기다린다는 것은 정말 힘든 일이었기에 바깥에서 소란이 일자 일부러 겁에 질린 모습을 보여주었다.

박강호의 태도에서 원하지 않는 대답이 나올지도 모른다는 생각 때문이었다.

그녀가 본 박강호는 절대 사귀는 여자를 일거에 배신하고 자신의 마음을 받아들일 사내가 아니었다.

속으로 품은 생각이 어떨지 몰라도 그는 당장 거부의 말을 꺼낼 가능성이 컸다.

시간이 필요했다.

그녀가 가진 화려한 배경과 그녀의 매력이 더해진다면 차차 그의 생각도 바뀔 수 있을 거라 생각했기에 당장의 대답을 원하지 않았다.

다행스럽게 박강호는 아무런 말 없이 횟집을 나섰다.

한편으로는 다행스러웠고 한편으로는 괜히 화가 나기도 했다.

아무리 결혼을 염두에 둔 여자가 있다 하더라도 자신처럼 좋은 배경과 미모를 가진 여자의 고백을 받았다면 조금이라도 고민하는 흔적이 있어야 하는데 박강호는 전혀 그런 모습을 보이지 않았다.

차를 몰고 외진 길을 나오다 사내들이 갑작스럽게 막아섰을 때 처음에는 무슨 일인지 몰라 그저 눈만 크게 떴었다.

그러다 막아선 놈들의 행색을 확인한 후부터 어둠 속의 터널을 혼자 걷는 것과 같은 두려움이 느껴졌다.

횟집에서 보인 가식적인 두려움이 아니라 가슴 깊숙이 생겨난 본능적인 두려움이었다.

저절로 몸이 떨렸다.

박강호가 문을 열고 나서려는 것을 막은 것은 혼자 남는다는 것에 대한 무서움과 불량스러운 모습을 가진 놈들에게 사랑하는 사람이 해코지당할지도 모른다는 예감 때문이었다.

하지만 박강호는 그녀의 만류에도 불구하고 믿기지 않을 만큼 침착한 모습으로 바깥으로 나갔다.

문은 잠갔지만 놈들과의 대화 소리는 고스란히 들려왔다.

돈이라면 어떻게든 해결할 수 있을 거라 생각했으나 놈들이 원하는 것은 자신이었다.

기가 막혔다.

자신을 원한다는 것은 강간을 하겠다는 이야기다.

새삼스럽게 이곳까지 오자고 했던 자신의 행동이 너무나 어리석게 느껴졌다.

아무리 박강호가 운동을 잘한다 해도 숫자에서 일방적으로 밀리는 한 결과는 정해진 것이나 다름없었다.

생각만으로도 치가 떨렸다.

더러운 놈들에게 강간을 당한다는 건 살아오면서 한 번도 생각해 본 적이 없는 일이었다.

물론 그 짧은 시간에 나중의 일도 생각했다.

만약 놈들에게 몸이 더럽혀지는 상황이 발생된다면 그녀는 무슨 일이 있어도 놈들을 찾아내서 찢어 죽이겠다고 다짐했다.

눈을 부릅뜨고 놈들의 모습을 하나하나 머릿속에 기억해 나갔다.

살아서 돌아가 복수를 하기 위해서는 놈들의 특징을 기억 속에 저장해 놔야 하기 때문이다.

그때 박강호가 빠르게 움직이는 것이 보였다.

무엇을 어떻게 했는지 미처 보지 못했는데 칼을 들었던 놈이 짚단처럼 고꾸라졌고 뒤이어 구경하던 놈들도 차례차례 땅바닥으로 처박히기 시작했다.

마치 한 편의 액션 영화를 보는 것처럼 박강호의 주먹은 무자비했고 빨랐으며 무서울 정도로 강했다.

박강호의 모습은 한 마리 맹수를 보는 것 같았다.

두려움이 놀라움으로, 그리고 안도감으로 차례차례 변해갔다.

그런 후 쓰러진 사내들을 일렬로 길 한편에 무릎 꿇려놓는 박강호의 모습을 확인하고 나서는 그 모든 것을 합한 것보다 훨씬 강한 감정이 솟구쳐 올라왔다.

그것은 바로 사랑이라는 것이었다.

유태희는 횟집 사건이 있은 후부터 회사를 떠나 박강호와 둘이 있을 때면 겉으로 드러날 정도로 애정을 표현했다.

같이 걸을 때면 슬그머니 팔짱을 끼어왔고 어쩌다 커피숍에 들렀을 때는 끝없이 눈을 마주치며 사랑해 달라는 듯 아양을 떨기도 했다.

한번 놓친 타이밍은 다시 잡기 어려웠다.

그녀를 향해 그러지 말라고 말하고 싶었으나 조금만 분위기가 이상해져도 유태희는 회사 업무로 화제를 돌리며 박강호의 입을 막았다.

정말 머리 회전과 사람의 마음을 읽는 능력은 천재라고 할 만큼 대단한 여자였다.

그렇게 또 한 달이 지났을 때 유태희는 사업 관계자와 저녁 약속이 있다며 시간을 비우라는 말을 했다.

그러려니 생각했다.

회사 일에 개인적인 감정을 끼워 넣는 것은 바보 같은 짓이라 생각했고 한두 번 겪은 일이 아니었기 때문에 알겠다는 대답을 했다.

지금까지 그녀가 데리고 간 자리는 인맥을 구축하는 데 아주 결정적인 역할을 했다.

그녀가 만나는 사람들은 정부의 국장급부터 공공기관의 임원진과 학계의 교수들, 심지어는 경쟁 회사의 주요 간부들까지 다양했는데 신입 사원인 박강호가 언감생심 만날 수 없는 사람들이었다.

더군다나 유태희는 그들을 만날 때마다 박강호를 소개하는 일을 절대 잊지 않았다.

의문은 가졌을 것이다.

통상적으로 격이 맞지 않는 하위 직원들은 방으로 들어오지 못하는 법인데 그녀가 반드시 박강호를 대동했기 때문에 그들은 의문에 찬 시선을 보내곤 했다.

그럼에도 대놓고 불만을 터뜨리거나 무시하는 행동을 하지 못했다.

유태희의 타고난 외모와 박강호를 대하는 정성스러운 행동이 그들을 압박했기 때문이었다.

차를 대고 기다리자 분홍색 코트를 입은 유태희가 회사의 정문을 통해 나타났다.

벌써 11월이라 그런지 날씨는 밤이 되자 쌀쌀해져 그녀의 외투도 두꺼워져 있었다.

"어디로 가죠?"

"샤르망 호텔이에요."

"알겠습니다."

박강호가 사무적으로 대답하고 핸들을 돌려 길을 나서자 유태희의 입에서 중요한 이야기가 시작되었다.

"강호 씨, 우리 회사가 중동에 진출한 것 알고 있죠?"

"중동에 진출한 건 꽤 오래전의 일이잖습니까."

"그동안은 형식적인 진출이었어요. 중동 정세가 너무 열악해서 위험 요인이 많았거든요. 하지만 내년부터는 이란, 이라크를 비롯해서 본격적인 진출이 시작될 거예요. 사운을 걸고 싸우는 전쟁처럼 말이죠."

"그곳은 언제 전쟁이 터질지 모르는 화약고입니다. 안정적인 시장을 개척해서 이윤을 창출하고 있는 우리 회사가 사운까지 걸 필요성이 있을까요."

"있어요. 무역은 선점이 중요하니까요. 중동 정세가 불안한 것은 사실이에요. 하지만 그곳에서 발생하는 무역량은 매년 수십조에 달한다는 분석이 나왔어요. 이미 유럽이나 미국은 한계에 달했어요. 일본이나 동남아시아가 아직 여력이 남았지만 우리는 중동의 시장 개척이 무엇보다 중요해요……."

박강호는 또다시 정신을 잃었다.

그녀는 중동의 문화와 종교, 그리고 사람들의 특성까지 총망라하면서 설명을 했다.

정말 중요한 자료.

그녀의 말대로 천하물산이 본격적으로 중동 진출을 시도한다면 이런 정보는 그에게 커다란 힘이 될 것이다.

하지만 불안한 마음도 들었다.

그녀가 이런 정보를 준다는 것은 이번 저녁 식사가 회사 일이 아니라 개인적인 용무라는 것을 알려주기 때문이었다.

그리고 그 예감은 정확하게 들어맞았다.

샤르망 호텔에 도착해서 이탈리안 레스토랑 '돌체'에 들어서자 회사 관계자라고는 도저히 볼 수 없는 아름다운 여자들이 유태희를 맞아들였던 것이다.

"어서 와라. 조금 늦었네."

"내가 너희들처럼 한가한 사람인 줄 알아. 퇴근하고 오니까 차가 좀 막히더라."

"홍, 변명은 잘해. 그런데 이분은 누구니?"

김혜연이 박강호를 보면서 물었다.

하지만 그녀의 눈에는 장난기가 잔뜩 들어 있어 이미 그의 정체를 아는 눈치였다.

그런데도 유태희는 시치미를 뚝 떼고 박강호를 소개했다.

"인사해, 나와 함께 근무하는 박강호 씨야."

"어머, 안녕하세요. 말씀 많이 들었어요."

김혜연과 문채원이 동시에 인사를 해왔기 때문에 박강호는 고개를 숙일 수밖에 없었다.

이런 인사는 형식적인 경우가 대부분이었다.

우리나라 사람들은 처음 보는 사람에 대한 예의를 차리기 위해 제대로 알지 못하면서도 아는 체해 주는 허례를 주저 없이 저지른다.

하지만 그녀들은 달랐다.

인사를 해오는 그녀들의 얼굴은 정말 박강호에 대해서 많은 것을 알고 있다는 걸 나타내 주고 있었다.

얼굴에 나타난 웃음.

그것은 박강호에 대한 궁금증과 기대감, 그리고 드디어 얼굴을 보게 되었다는 가벼운 흥분이 담긴 것이었다.

미리 와 있던 그녀들은 이미 주문을 해놨던지 유태희와 박강호가 자리에 앉자 최고급 코스 요리가 나오기 시작했다.

더불어 칠레산 레드와인이 웨이터가 끌고 온 캐리어에 담겨 들어왔는데 한눈에 봐도 꽤나 비싸 보였다.

그러나 더 놀라운 것은 여자들의 정체였다.

대성그룹과 동성전자의 직계였으며, 이름만 말해도 금방 고개를 끄덕이는 회사의 CEO들이었다.

거북했다. 그리고 그녀들이 질문하는 내용들에 답해야 하는 자신이 너무나 한심했다.

그녀들은 박강호가 유태희의 남자 친구라는 것을 기정사실화해 놓고 마음껏 그를 유린해 왔다.

평범한 사람들이라면 농담으로 치부하고 말 내용들이 그녀들이 말하자 비수처럼 가슴에 꽂혀왔다.

최상위 계층의 여자들의 대화 수준은 박강호가 꿈에서조차 생각하지 못한 것들이 대부분이었다.

참고 견뎠다.

유태희가 무슨 이유로 자신을 여기에 데려왔는지 모르지만 박강호는 그녀들과 함께 있으면서 얼굴을 붉히는 행동을 하지 않았다.

자신에 대해서 물으면 기계적으로 대답했고 유태희와의 관계에 대해서 꼬치꼬치 캐물어도 그저 웃음으로 넘겼다.

얼마나 시간이 지났을까.

"시간이 꽤 됐네. 난 가봐야겠다. 우리 남편 오늘 일찍 들어온다고 했어."

"나도, 일이 있어서 그만 가볼게. 둘이 남아서 우리 때문에 못다 한 이야기 마저 하고 와."

김혜연과 문채원이 약속이나 한 것처럼 자리에서 일어났다.

그러자 유태희가 주섬거리며 코트를 주워 드는 것이 보였다. 그녀는 박강호의 표정에서 뭔가의 낌새를 눈치챈 듯 급히 자리에서 일어나려 했다.

하지만 그녀는 일어서지 못했다.

일어서는 그녀를 옆에 앉아 있던 박강호가 내리눌렀기 때문이었다.

"잠깐 앉아계세요. 할 말이 있습니다."

"오늘 일이 있어서 일찍 가봐야 해요. 나중에 하는 게 좋겠어요."

"간단한 이야기입니다. 그리고 오늘 반드시 해야 할 말이고요."

"듣지 않을래요."

"저는 내일 부장님과 동행할 수 없습니다."

"왜죠?"

지금까지 한 번도 이런 일이 없었기에 유태희의 안색이 변했다.

그녀가 박강호의 허락도 받지 않고 친구들에게 소개한 것은 점점 그와 그녀의 관계가 발전되기를 원했기 때문이었다.

오늘 이 자리를 무사히 넘기면 또 하나의 산을 넘는 거라 생각했다.

사람은 자신도 모르게 현실에 적응하는 본능이 있었고 그러한 상황이 반복되면 결국 순응하기 때문이었다.

하지만 그녀의 생각이 잘못되었다는 것을 알게 된 것은 친구들과 대화하는 박강호의 얼굴이 점점 알 수 없는 웃음으로 진해졌을 때였다.

사업 관계상 많은 사람을 만났고 개인적인 볼일을 보면서 여자들을 만난 적도 있었지만 박강호는 한 번도 이런 웃음을 지은 적이 없었다.

불안했다.

그래서 친구들이 자리에서 뜨자 부랴부랴 일어서려 했는데 결국 이런 일이 생기고 말았다.

내일은 정말 새로운 기획안을 확정 짓기 위해 어렵게 건설부의 도로국장을 만나는 자리였다.

그것은 사무실에서부터 공공연하게 추진되었기 때문에 모든 직원이 알고 있는 사안이었다.

그런데도 박강호는 다른 때와 달리 동행을 거부해 왔다.

왜냐고 묻는 그녀의 질문에 박강호의 얼굴에서 또다시 알 수 없는 미소가 번져 나왔다.

"내일은 제 인생에서 가장 중요한 일이 있는 날입니다. 그래서 부장님을 모실 수 없습니다. 운전기사가 필요하다면 제가 다른 직원을 섭외해 놓겠습니다."

"중요한 일이 있다고요? 그게 무슨 일이기에 회사 일까지 할 수 없다는 거죠?"

"그건 지금 말할 수 없습니다. 대신 월요일 출근해서 결과를 말씀드리겠습니다. 저는 다른 약속이 있어서 반대 방향으로 가야 할 것 같습니다. 오늘은 부장님 혼자 가십시오."

박강호는 윤선아와 점심 약속을 한 후 멋들어지게 양복을 차려입었다.

기획경영부장의 지시를 어기고 출근하지 않은 것에 대한 부담감은 처음부터 갖지 않았다.

그동안 부서원들이 그가 매일이다시피 야근을 하며 주말에도 쉬지 못하고 혹사당하는 것을 안타까운 눈으로 지켜본다는 것을 알고 있었다.

물론 유태희가 어떻게 나올지는 짐작할 수 없었다.

하지만 월요일이 되면 오늘의 결과를 당당하게 말할 생각이었다.

최악에는 회사를 그만둬야 되는 경우도 발생할지 모르지만 두렵지는 않았다.

꿈.

오랫동안 간직해 왔던 꿈이 무너지겠지.

고난과 고통을 이겨내며 성취했던 것들이 한순간에 무너지겠지만 사내는 반드시 지켜야 할 것을 지키기 위해서라면 목숨을 버리는 것조차 망설이지 않아야 된다고 생각했다.

윤선아는 갑작스럽게 만나자는 그의 전화를 받고 놀란 목소리를 숨기지 못했다.

자주 만나지는 못했지만 수시로 통화를 했기에 이번 주 일요일도 일을 해야 한다는 소리를 들었기 때문이었다.

그런 그녀를 향해 박강호는 중요한 일이 있으니 예쁘게 차려입고 나오라는 말을 남기며 전화를 끊었다.

박강호가 약속 장소로 잡은 것은 그들이 자주 가는 분식집이나 돈가스 전문점이 아니었다.

명동.

그가 정한 약속 장소는 토요일이면 많은 사람들이 몰려서 인산인해를 이루는 명동의 경양식집 '하바나'였다.

윤선아는 '하바나'의 문을 열고 들어서며 시선을 부지런히 움직였다.

그러다 우뚝 멈춰 섰다.

멀리 창가에서 박강호가 멋들어지게 양복을 차려입고 자신을 향해 손을 드는 것이 보였기 때문이었다.

어제 예쁘게 차려입고 나오라는 그의 전화를 받고 피식 웃었다.

그저 의례적으로 하는 말이라고 생각했기 때문이었다.

박강호는 허튼 농담을 자주 하는 편이 아니지만 그녀에게만큼은 애정이 넘치는 표현을 가끔가다 던지곤 했다.

예쁘게 입고 나오라는 말도 그런 것 중의 하나라고 생각했다.

한 달 만에 만나는 것이니 사랑하는 사람의 아름다운 모습을 보고 싶다는 욕심이라 생각했던 것이다.

욕심이면 어떻고 농담이면 어떠랴.

그에게는 언제나 예쁘고 귀여운 여자이고 싶어 윤선아는 아침 일찍 일어나 박강호의 말대로 한껏 꾸미고 집을 나섰다.

그렇다고 해서 회사에 출근하는 것처럼 정장을 입은 것은 아니었다.

오늘은 주말이었고 선을 보는 것이 아니라 사랑하는 사람과 데이트를 하는 자리였기에 최대한 편한 복장으로 나왔다.

그런데 박강호의 모습을 보자 뭔가 잘못되었다는 것을 알게 되었다.

양복을 입은 그의 모습은 한없이 멋있었지만 캐주얼 차림으로 나온 자신의 모습과는 전혀 어울리지 않는 것이었다.
"강호 씨, 옷이 왜 그래. 회사에 출근했었어?"
"아니야. 집에서 나왔어."
"그런데 왜 옷을 그렇게 입었어. 점심 먹고 회사에 들어가야 되는 거야?"
"바보야, 너한테 멋있게 보이려고 이렇게 입었어. 데이트 약속을 해놓고 왜 회사를 들어가니."
"힝, 말도 안 돼."
"너 또 아침 안 먹었지?"
"강호 씨 만나서 맛있게 먹으려고 굶었지. 배고프다, 우리 뭐 먹을까?"
"여기 메뉴판 있으니까 천천히 골라봐."
박강호가 메뉴판을 밀어낸 후 그녀를 지그시 바라보았다.
윤선아는 그가 준 메뉴판을 넘기며 음식을 고르고 있었는데 그 모습이 마치 공부하는 학생처럼 보였다.
윤선아는 자신으로 인해 오랫동안 마음고생이 심했고 지금도 마찬가지였다.
그녀는 자신에게 말을 하지 않았지만 여전히 부모님의 성화에 힘든 나날을 보내고 있을 것이다.

"나, 이거 먹어도 돼?"
"오늘 돈 많이 가지고 나왔어. 그러니까 먹고 싶은 거 시켜도 괜찮아."

"그럼 이거 시킬게. 강호 씨는 어떤 거 먹을 거야?"
"선아가 시킨 거 맛있게 보인다. 나도 그거 먹지 뭐."
박강호가 웃었다.
그녀가 시킨 것은 함박스테이크였는데 '하바나'의 메뉴판에서 중간 정도 하는 가격이었다.
둘은 음식이 나오자 정말 맛있게 먹었다.
생각지도 않게 '하바나'의 음식은 입맛에 딱 맞았고 정갈하게 차려져 기분 좋은 식사를 할 수 있었다.
그녀가 냅킨으로 입을 닦고 난 후 그때서야 자신의 의문을 물어왔다.
"강호 씨 오늘 일하러 가야 된다고 했잖아. 그런데 왜 안 갔어?"
"못 간다고 했어."
"왜?"
"너 보고 싶어서."
"피이······. 장난하지 말고. 나 궁금하단 말이야."
"정말이야. 우리 부장님한테 중요한 약속이 있어서 오늘은 안 된다고 했어."
"그러다 잘리는 거 아냐? 왜 그랬어!"
"그동안 열심히 했으니까 봐줄 거야."
"하긴, 강호 씨 요즘 너무 열심히 했어. 그래도 조금 불안하다. 잘못될까 봐."
"걱정하지 마. 상사한테 밉보일 각오까지 하고 널 보러 왔는데 그런 표정 지으면 어떻게 해. 선아는 그냥 오늘 나를 즐겁게 해주기만 하면 돼."

"호호, 어떻게 즐겁게 해드릴까요?"

"음… 그건 선아가 생각해 볼 일이지."

"그런가?"

박강호의 대답에 윤선아가 생글생글 웃었다.

그녀는 이 상황이 너무나 재미있는 모양이었다.

"커피 마시고 명동 거리를 걷자. 사람들은 많지만 이것저것 구경할 게 많을 거야."

"응. 나도 그 생각 했어. 그런데 강호 씨 복장이 그래서 조금 어색해. 사람들이 자꾸 쳐다볼 것 같아."

"사람들이 왜?"

"너무 멋지잖아. 여자들이 힐끗거리며 쳐다보면 나 질투 난단 말이야."

"하긴 내가 멋있기는 하지. 하지만 선아처럼 천사같이 예쁜 여자가 옆에 있는데 누가 욕심을 부리겠어. 아마 아무도 보지 못할걸."

"맞아 맞아. 내가 그 생각을 못 했네."

두 사람은 이야기를 주고받으며 큭큭대고 웃었다.

사람들은 아무도 그들의 대화 내용을 듣고 있지 않았지만 그래도 혹시 듣는 사람이 있을까 봐 윤선아는 웃는 와중에도 주변을 둘러보기까지 했다.

명동 거리는 사람들로 붐볐다.

워낙 데이트코스로 유명했기 때문에 연인들이 많았고 여자들끼리 수다를 떨며 지나가는 경우가 대부분이었다.

노점상들의 외침과 번쩍거릴 정도로 정돈된 가게들이 마치 사회의 한 단면을 보여주는 것처럼 대비되었다.

있는 사람과 없는 사람들.

사회는 언제나 그 둘로 구분된다.

박강호는 윤선아의 손을 꼭 잡고 활기로 가득 찬 거리를 걸었다.

벌써 11월 중순이 훌쩍 넘었기 때문에 날씨는 쌀쌀한 편이었지만 그들은 추위를 잊은 채 명동 거리를 훑고 다녔다.

즐거웠다.

서로 간의 마음을 알고 사랑하며 아끼는 그들에게 명동 거리는 천국보다 더 아름다운 곳이었다.

거의 1시간이나 거리를 쏘다니던 박강호가 천천히 걸음을 외곽으로 옮겼다.

윤선아는 박강호가 어디를 가든 묻지 않았다.

그저 함께 있는 것만으로도 행복했으니 그가 가는 곳이 곧 즐거움으로 가득 찬 곳이다.

하지만 박강호가 걸음을 멈춘 곳을 확인하자 그녀는 의문을 품을 수밖에 없었다.

전혀 예상하지 못했던 장소.

박강호가 멈춘 곳은 바로 천주교의 본당이자 민주화의 성지로 알려진 명동성당이었기 때문이었다.

"강호 씨, 여긴 왜 왔어?"

"볼일이 있어."

"회사 일이야?"

"아니."

"그럼?"

"따라와 봐. 명동성당은 들어만 봤지 처음이잖아. 어떻게 생겼는지 본 적 없지?"

"응."

윤선아가 고개를 끄덕였다.

서울에서 지금까지 살아왔지만 멀리서 본 적은 있었어도 정문을 통과해서 안으로 들어선 것은 처음이었다.

성당 앞에 다다르자 검은 명패와 함께 네모로 깎아놓은 돌에 물이 담겨 있었다.

―이 성수로 세례의 은총을 새롭게 하시고, 모든 악에서 보호하시어 깨끗한 마음으로 주님께 나아가게 해주소서.

명패의 내용을 보고서야 두 사람은 돌에 담긴 물이 성수임을 알았다.

박강호가 불쑥 앞으로 나선 것은 명패를 읽고 난 후였다.

손을 성수에 담갔고 성수가 담긴 손을 빼내어 자신의 얼굴에 뿌렸다.

그리고 다시 한 번 손을 담가 윤선아의 얼굴에도 가볍게 뿌렸다.

윤선아는 자신의 얼굴에 성수가 뿌려졌어도 아무런 말 없이 박강호의 행동을 지켜만 보았다.

뭔가 이상했다.

데이트를 하면서 즐거움에 가득했던 박강호의 얼굴은 살짝 굳어져 있었고 큰일을 앞둔 사람처럼 말수도 점점 줄어갔다.

불안한 마음과 초조함이 동시에 다가왔다.

거의 네 달이 넘도록 박강호는 그녀를 가뭄에 콩 나듯이 만났다.

처음에는 일이 바쁘기 때문이라고 생각했지만 점점 시간이 지나면서 불안감이 커져갔다.

친구들과 만날 때면 언제나 박강호와의 관계에 대한 질문을 받는다.

그때마다 곤혹스러웠다.

남자가 여자와 헤어질 때 가장 보편적으로 쓰는 방법이 바쁘다는 핑계로 만남을 피하는 것이라는 걸 수없이 들었기 때문이었다.

박강호를 믿었다.

그와 그녀의 운명을 믿었고 사랑을 믿었으며 박강호라는 인간 자체를 신뢰했다.

하지만 여자로서의 불안감은 그러한 믿음과 신뢰의 밑바탕에서 그림자처럼 커져가고 있었다.

"들어가자."
"어딜?"
"성당에 왔으니 예배는 봐야 되잖아."
"강호 씨 천주교 믿었어?"
"아니."
"그런데 왜 예배를 봐?"
"성당에서 선아한테 해줄 말이 있어. 들어가자."

명동성당의 본관은 대단한 규모를 자랑했다.
순수 고딕 양식으로 지어진 성당은 천장까지의 높이가 까마득했고 벽에는 수많은 창에서 햇빛이 쏟아져 들어와 내부를 밝게 비추고 있었다.
한꺼번에 수백 명을 수용할 수 있을 만큼 많은 의자에는 드문드문 사람들이 앉아 미사를 드리고 있었다.
빈곳을 찾아 박강호는 윤선아의 손을 잡은 채 앉았다.
그런 후 천천히 눈을 감으며 윤선아를 향해 입을 열었다.
"선아야, 눈을 감아."
"나도 기도해야 해?"
"아니, 눈을 감고 내 이야기를 들어."
"응. 알았어. 그런데 강호 씨 혹시 그 이야기 나 가슴 아프게 만드는 건 아니지?"
"네가 아플지 안 아플지는 나도 잘 모르겠어. 하지만 나는 네가 이 이야기를 꼭 들어줬으면 해."

"알았어."

윤선아가 천천히 눈을 감았다.

그러고는 그 짧은 순간에 주님을 향해 간절한 기도를 했다.

제발, 이 사람이 헤어지자는 말만 하지 말게 해달라며 주님을 향해 떨리는 마음으로 기도를 드렸다.

박강호의 입에서 부드러운 음성이 흘러나온 것은 윤선아의 손이 긴장으로 축축이 젖어갈 때였다.

"주님, 저는 종교가 없는 사람이지만 한 사람과의 약속을 지키기 위해 이곳에 왔습니다. 그 사람은 제 옆에 있으며 더없이 저에게는 소중한 사람입니다. 저는 사람들에게 존경받고 신뢰받는 주님 앞에서 이 사람에게 청혼을 하려 합니다. 지금은 가진 것이 없지만 열심히 일하고 노력해서 그녀를 행복하게 해주고 싶습니다. 부디 저의 소망이 이루어질 수 있도록 도와주십시오."

박강호는 기도를 마치고 눈을 뜨며 윤선아를 잡은 손을 풀었다.

"선아야, 이제 눈 떠도 돼."

"…응."

"이렇게 하고 싶었어. 오래도록 이런 꿈을 꾸면서 너에게 청혼을 하고 싶었어. 난 너와 살고 싶어. 영원히. 선아야, 나와 결혼해 줄래?"

그의 손에는 어느새 반짝반짝 빛나는 반지가 들려 있었는데 햇빛에 반사되어 눈부신 광채를 쏟아내고 있었다.

윤선아의 눈은 박강호에게서 떨어질 줄 몰랐다.

이런 일을 꿈꿨고 하루라도 빨리 이런 일이 벌어지기를 기대하며 기다렸다.

저절로 눈물이 흘러나와 방울방울 떨어졌다.

목이 메었고 가슴이 두방망이질 치듯 뛰어서 숨조차 제대로 쉴 수 없었다.

"선아야, 대답해 줘야지."

"알았어. 내가 조금 아깝지만 결혼해 줄게. 주님께 기도한 거 죽을 때까지 절대 잊으면 안 돼. 그거 잊으면 내가 그냥 두지 않을 거야. 그럴 수 있지?"

"그래, 잊지 않을게."

"그럼, 그 반지 예쁘게 끼워줘. 후회하지 마. 난 그 반지를 끼는 순간 절대 빼지 않을 테니까."

윤선아에게 청혼한 그날.

박강호는 작정을 한 사람처럼 보였다.

일사천리로 그는 모든 것을 해치우기라도 하듯 사전 통보조차 하지 않고 윤선아의 집으로 쳐들어갔다.

그런 후 그녀의 아버지인 윤문호 앞에서 무릎을 꿇었다.

"아버님, 저희 결혼하겠습니다."

"누구 마음대로!"

"일 년이란 시간을 약속했습니다. 그리고 그 시간이 다 되었습니다. 허락해 주시면 저희 둘 잘 살겠습니다."

"완전히 자네 멋대로구만."

"아버지, 허락해 주세요. 이번에 허락해 주시지 않으면 아버지 딸 혼자서 늙어 죽을지도 몰라요."

박강호의 말에 윤문호가 못마땅한 표정을 짓자 윤선아가 나서서 응원을 보내왔다.

그것이 오히려 윤문호의 얼굴을 더욱 일그러지게 만들었다.

"이것아, 결혼하면 뭐해. 살 곳이 있어야 될 것 아니냐!"

"강호 씨와 제가 힘을 합하면 전세는 구할 수 있어요."

"에라이, 바보야. 그걸 말이라고 해!"

그 마음 잘 안다.

딸이 잘사는 집안에 시집가서 호의호식하며 행복하게 살기를 바라는 부모의 마음.

그것을 어찌 탓할 수 있겠는가.

더군다나 변변한 전세조차 얻지 못할 게 뻔하니 윤문호의 입에서 좋은 말이 나올 리 만무했다.

하지만 그럼에도 가슴은 아프다.

돈 없이 사랑만 가지고는 행복하게 살 수 없다는 사회의 가치가, 그리고 관념이 박강호를 아프게 만들었다.

그럼에도 그는 여전히 꿋꿋한 모습으로 윤문호를 설득했다.

"아버님, 저는 맨손으로 저의 꿈을 좇아 여기까지 왔습니다. 비록 지금은 어렵겠지만 선아를 행복하게 해줄 자신이 있습니다. 당분간은 고생할 겁니다. 하지만 시간이 지나면 점점 안정을 찾을 수 있습니다. 그러니 허락해 주십시오."

고민에 빠진 모습.

윤문호는 박강호가 처음 찾아왔을 때부터 시작된 고민을 이제 결정지을 때라는 걸 알고 있었다.

그랬기에 그 고민은 더욱 깊을 수밖에 없었다.

딸의 선택을 막고 싶지는 않았다.

멀끔하게 생긴 놈을 이끌고 집으로 돌아와 자신을 간절한 눈으로 바라볼 때부터 한숨이 흘러내리는 걸 막을 수 없었다.

딸의 성격을 너무나 잘 알기에 자신이 막는다 해서 해결될 일이 아니란 판단이 들었기 때문이었다.

그럼에도 아쉬웠다.

더 나은 사람을 선택했으면 좋으련만 딸은 한 번도 자신의 선택을 후회하지 않는 것 같았다.

"그래, 한다면 언제 할 생각인가?"

"봄에 하겠습니다."

"봄이라면 언제?"

"3월을 생각하고 있습니다. 다음 주에 시골에 내려가 날을 받아 오겠습니다."

"도대체 그렇게 미적거리더니 이리 바쁘게 서두르는 이유는 뭔가. 다른 이유라도 있는 거냐?"

"있습니다. 하지만 말씀드리기 곤란한 일입니다. 그리고 선아의 나이로 봤을 때 서두르는 게 맞다고 생각했습니다."

"미치겠군. 혼인이 장난인 줄 알아? 자네는 그렇다 쳐. 하지만 선아는 준비할 게 한두 가지가 아냐. 그리 서두르면 상견례는 또 어쩌고?"

"그것도 저희 부모님께 여쭤보겠습니다. 최대한 빨리 자리를 마련하겠습니다."

"휴우……"

한숨이 흐른다.

그 뜻은 아쉬움이 담긴 긍정의 표시였다.

결정을 내린 이상 자꾸 뒤로 미룰 이유도 그에게는 없었다.

윤선아의 나이가 찰 대로 찼으니 어차피 이놈이 딸아이가 선택한 운명의 짝이라면 신랑 측에서 하자는 대로 따르는 것도 나쁘지 않다는 생각이 들었다.

그래서 한숨과 함께 고개를 끄덕일 수밖에 없었다.

박강호는 고개를 숙여 윤문호의 허락을 받아낸 후 고마움을 나타내며 자리에서 일어났다.

그러고는 따라 나온 윤선아의 손을 잡고 무작정 거리로 나섰다.

"왜 그래, 강호 씨."

"갈 데가 있어."

"어디?"

"그냥 따라와."

궁금했겠지만 그녀는 묻지 않고 박강호와 걸음을 나란히 했다.

그녀의 머릿속에서 오늘 있었던 일들이 파노라마처럼 흘렀다.

드라마에서 봤던 것과 같은 일들.

사랑은 했지만 부모의 반대에 부딪쳐 괴로워하는 남자들의 모습을 보며 답답함을 느꼈으나 박강호는 씩씩하게 그러한 것들을 정면으로 뚫고 나가는 저력을 보여주었다.

그의 옆모습이 너무나 믿음직스러웠다.

아버지의 허락이 떨어졌으니 이제 결혼할 일만 남았고 곧 그녀는 박강호의 여자가 되어 평생을 행복하게 살아갈 것이다.

얼마나 걸었을까.

그녀는 놀란 얼굴로 박강호가 멈춘 곳을 바라보며 입을 크게 벌렸다.

그가 걸음을 멈춘 곳이 집에서 그리 멀리 떨어져 있지 않는 모텔이었기 때문이었다.

"강호 씨, 여긴 왜?"

"오늘 모든 것을 끝내고 싶어. 결혼 허락을 받았으니 이제 선아를 내 여자로 만들 거야."

"…그래도 이건……."

"싫어?"

"싫은 건 아니지만 너무 갑작스러워서… 난 마음의 준비도 안 됐단 말이야."

"사랑하는 사람들이 모두 하는 거야. 그러니까 너무 무서워하지 마."

박강호가 주저하는 그녀의 손을 잡고 안으로 성큼성큼 걸어 들어갔다.

그는 작정한 듯 조금의 망설임도 보이지 않았다.

계산을 하고 방 키를 박강호가 받아 드는 순간 윤선아는 수많은 생각에 잠겼다.

그래, 과정이야.

이 순간도 오랫동안 기다려 왔잖아.

그와 키스를 하면서 느껴왔던 감정, 그리고 이 남자를 갖고 싶다는 갈증.

여자이기 때문에 말을 못 하고 그저 기다려야 했던 답답함은 지금의 두려움만 이겨내면 끝낼 수 있다.

그럼에도 떨렸다.

처음이라는 사실에, 그리고 박강호에게 자신의 모든 것을 보여준다는 부끄러움으로 그녀는 발갛게 달아오른 얼굴을 한 채 안절부절못했다.

짧은 순간의 기다림이 끝나자 박강호가 다시 그녀의 손을 잡아왔다.

엘리베이터가 내려왔고 그를 따라 3층으로 올라갔다.

이젠 어떻게 걷고 있는지조차 알 수 없을 정도로 정신과 몸이 정상을 벗어나 하늘로 올라가고 있었다.

문이 열렸다.

그런 후 지나가면서 줄곧 봐왔던 모텔의 전경이 한눈에 들어왔다.

특별한 것도 없었으나 분위기가 달랐다.

그리고 한가운데 덩그러니 놓여 있는 침대를 보자 얼굴이 무섭게 달아올랐다.

얼굴을 들어 박강호를 볼 용기가 나지 않았다.

그랬기에 한쪽에 놓여 있는 의자에 앉아 두 손을 꼭 잡고 창밖을 바라보았다.

그때, 박강호가 다가와 그녀를 품에 안았다.

"선아야, 내 생각이 잘못된 걸까?"

"……"

"미안해, 네 입장을 이해하지 못하고 나 혼자 결정해서. 지금의 네 모습을 보니 아무래도 내가 잘못 생각한 것 같아. 안 되겠어. 다시 나가자."

"…그러지 마. 난 괜찮아."

"바보야, 너 지금 너무 떨고 있잖아. 그냥 나가도 돼."

"싫어. 안 나갈 거야."

어느새 윤선아는 자신에게 다가와 망설이는 박강호를 빤히 바라보고 있었다.

몸은 떨었으나 마음은 결정을 했다.

박강호의 성격상 지금 이 자리에 오기까지 많은 생각과 고민을 했을 것이다.

자신의 남자.

그 남자의 결정은 곧 자신의 결정이나 마찬가지다.

그랬기에 그녀는 자리에서 천천히 일어나 옷을 벗기 시작했다.

"어차피 너한테 주려고 기다려 왔어. 지금까지 소중하게 간직하면서. 그러니까 다른 생각 하지 마."

"괜찮겠어?"

"억지로 하는 거 아니야. 나도 강호 씨랑 사랑하는 꿈을 꾸면서 살아왔거든. 처음이야, 그래도 잘할 수 있어. 내가 사랑하는 강호 씨니까."

그녀는 어느새 외투를 벗어 옷걸이에 걸어놓고 스웨터를 벗는 중이었다.

박강호는 그런 그녀를 멍하니 바라보았다.

여자의 속옷.

윤선아가 차고 있는 브라는 핑크색이었는데 그것을 보는 순간 박강호의 눈이 질끈 감겼다.

윤선아도 처음이지만 박강호도 처음이었다.

군대 있을 때 부사관의 계략에 빠져 동정을 잃었으나 그때는 정신이 없어 여자의 몸이 어떻게 생겼는지조차 보지 못했다.

윤선아는 작정을 했는지 치마까지 벗었다.

보지 말라는 말조차 하지 않았다.

대부분의 여자들은 자신이 옷 벗는 장면을 보지 못하게 하는데 윤선아는 박강호 앞에서 주저 없이 옷을 벗고 있었다.

그녀는 속옷 차림이 된 후에야 짧은 한마디를 남기고 욕실로 사라졌다.

"나 먼저 씻을게."

욕실에서 들려오는 물소리가 마치 폭포에서 떨어지는 것처럼 박강호의 귀에 크게 틀어박혔다.
　결심을 굳히고 막상 모텔로 들어왔지만 윤선아가 목욕하는 걸 지켜보자 가슴이 두근대며 정신없이 뛰었다.
　보지 말라고 한 것은 아니었으나 볼 수가 없었다.
　아무리 사랑했고 결혼을 약속한 사이라고 해도 그녀의 벗은 몸을 정면으로 본다는 것은 결코 쉬운 일이 아니었다.
　경험 부족이다.
　한참 동안 물소리가 들리는 걸 보며 자신도 옷을 벗었다.
　하나씩.
　그녀가 나왔을 때 여전히 정장 차림으로 침대에 앉아 있는 모습을 보여줄 수는 없기 때문이다.
　속옷 차림이 되어 그녀가 나오기를 기다렸다.
　얼마나 지났을까 윤선아는 하얀 타월로 몸을 가린 채 욕실에서 나왔다.
　박강호의 입에서 저절로 탄성이 새어 나왔다.
　섹시라는 단어를 수없이 들어왔지만 지금의 윤선아는 정말 그 말이 더없이 어울릴 정도로 아름다웠다.
　부끄러움이 담긴 얼굴, 가슴에서부터 중요한 부위까지 가린 타월의 길이가 절묘했고 그 밑으로 길게 노출된 다리는 예술품처럼 우아했다.
　잠시 그녀를 바라보던 박강호는 천천히 그녀를 끌어안았다.
　그런 후 그녀의 귓가에 대고 소곤거렸다.

"꽤 오래 걸리네, 여자들은 원래 그렇게 오래 걸려?"
"씨이……. 빨리 들어가서 씻기나 해!"
"알았어, 얼른 갔다 올게."

박강호는 몸을 씻으면서 많은 생각을 했다.
경험이 없으니 기술도 없다.
여자를 어떻게 다뤄야 하는지도 몰랐고 흥분을 시키는 방법도 모른다.
더군다나 윤선아는 처음이었기 때문에 더욱 겁이 났다.
새삼 고홍준이 떠들던 말이 생각났다.
여자들은 처음 할 때 피가 나는데 아파서 엄청난 고통을 느낀다는 것이었다.
윤선아가 고통을 느끼는 것은 절대 원하지 않는다.
그래서 고홍준에게 평소에 하지 않던 말을 물었다.
아프게 하지 않을 수 있는 방법을.
놈은 마치 전문가처럼 별별 이야기를 다했지만 결론은 하나뿐이었다.
완전하게 고통을 느끼지 않게 만들 수는 없지만 여러 가지 방법을 동원해서 최대한 여자가 흥분하게 만든다면 윤활유가 많이 나오면서 고통이 적어진다는 것이었다.
그랬기에 또 물었다.
흥분을 시키는 방법은 어떤 것이 있는지, 가장 좋은 방법은 무엇인지에 대해서.

대답은 의외로 간단했다.

손과 혀를 잘 이용해야 된다는 것이 놈이 말한 요지였다.

하지만 그 단순한 말이 이해가 되지 않았다.

얼마나 부드럽게 애무를 하느냐에 따라서 모든 것이 결정된다며 떠들었는데 도대체 뭐가 뭔지 알 수가 없었다.

샤워를 마치고 수건으로 몸을 닦았다.

윤선아는 타월로 몸을 가리고 나왔지만 박강호는 당당하게 물기만 닦고 침대로 향했다.

그녀는 침대에 누워 이불을 가린 채 숨어 있었다.

천천히 다가가 이불 속으로 들어가자 윤선아가 점점 밑으로 내려가는 것이 느껴졌다.

부끄러움 때문이다.

그래서 박강호는 그녀처럼 이불 속으로 파고들어 가 그녀의 눈에 자신의 눈을 맞췄다.

"나 깨끗하게 씻었어."

"부끄러워, 저쪽으로 가."

"가긴 어딜 가. 못 가."

그녀의 앙탈을 가슴으로 막으며 그녀를 안았다.

비 맞은 참새처럼 떨던 그녀가 가슴 속으로 들어온 것은 박강호가 두 팔로 힘주어 그녀의 입술을 진하게 훔쳤을 때였다.

달콤했다. 그리고 한없이 부드러웠다.

오랫동안 입술을 탐하던 박강호의 손이 그녀가 샤워를 끝내고 이불 속까지 싸매고 들어온 타월을 걷어냈다.

그러자 그녀의 맨살이 만져졌다.
 한없이 부드럽고 따뜻한 그녀의 몸은 그의 정신을 혼미하게 만들 정도로 경이로웠다.

제33장
결혼

회사는 언제나 월요일이 가장 바쁘다.

한 주의 계획과 전주에 있었던 실적을 경영진에게 보고하기 위해 회의가 연석으로 열리기 때문이다.

그러나 그것은 간부들에게 해당되는 내용일 뿐 박강호와 같은 신입 사원은 그저 일만 열심히 하면 된다.

오전의 일과가 빠르게 지나가고 오후에 들어서자 그때서야 다른 간부들과 함께 유태희가 모습을 드러냈다.

박강호가 자리에서 일어난 것은 유태희가 팀장들을 소집해서 간부 회의의 안건들을 전달한 후 책상에 앉았을 때였다.

"부장님, 드릴 말씀이 있습니다."
"뭐죠?"

"개인적인 일입니다. 사적인 일이니 잠시 시간을 내주시면 고맙겠습니다."

"알았어요. 10분 후에 휴게실에서 봐요."

사무실 안이었기 때문인지 박강호의 요청에 대답하는 그녀는 영락없는 직장 상사의 모습이었다.

하지만 조금만 주의 깊게 본다면 그녀의 목소리가 더없이 가라앉아 있다는 것을 알 수 있었다.

박강호는 먼저 휴게실로 내려가 유태희가 오기를 기다렸다.

말하기 힘든 내용이었지만 반드시 통보를 해야 되는 것이기도 했다.

그의 가슴에는 사표가 들어 있었다.

그녀의 태도 여하에 따라 회사를 그만둘 각오까지 하고 있었기에 아무런 두려움도 느끼지 않았다.

가만히 생각해 보니 타이밍도 괜찮았다.

지금 그만두면 다른 회사에 입사 원서를 낼 수 있기 때문이었다.

1년 동안 공부를 쉬었지만 자신감은 충분했다.

회사를 다니면서도 영어 공부를 게을리하지 않았고 업무를 위해 전공 책을 수시로 들여다봤기 때문에 실력은 녹슬지 않았다.

유태희가 자주 마시는 원두커피를 두 잔 뽑은 채 창문을 통해 내려다보이는 도시의 정경을 바라보았다.

꿈속에서조차 갈구하던 천하물산에서 보냈던 1년간의 시간들이 하늘에 떠 있는 구름과 함께 천천히 흘러갔다.

아쉬움이란 무언가를 원할 때 피어나는 꽃과 같다.

하지만 그에게는 윤선아라는 사랑과 희망이 있으니 어떤 일이 벌어져도 괜찮다는 위안을 계속해서 가슴속에 심었다.

유태희가 휴게실 문을 열고 들어서는 것이 보였다.

그녀는 여전히 아름다웠고 당당한 모습으로 그를 향해 다가오고 있었다.

자리에서 일어나 예를 표하고 그녀가 앉은 후에 자리에 앉았다.

상사에 대한 예의를 끝까지 잃지 않을 생각이었다.

유태희의 표정은 좋지 않았다.

아니, 불길함으로 얼굴 전체가 어둠에 잠겨 있었다.

여자의 직감은 무섭다.

더군다나 토요일에 박강호가 선전포고를 하는 것처럼 돌아섰기 때문에 그녀의 예감은 최악이었다.

박강호는 서둘지 않았다.

뽑아놓은 커피를 그녀에게 내밀고 먼저 어제 업무에 동행하지 못한 것에 대한 사과부터 했다.

그런 후 그녀가 말없이 고개를 끄덕일 때 본론을 꺼내 들었다.

"누차 말씀드린 것처럼 저에게는 결혼을 약속하고 사귀는 사람이 있습니다. 그 사람은 저로 인해 많이 아파했고 오랫동안 저를 기다려 준 사람입니다."

"그만하세요. 그 여자 이야기는 듣고 싶지 않아요."

"부장님의 말씀을 듣고 많은 고민을 했습니다. 유 부장님과 결혼을 하면 저의 야망을 원 없이 펼칠 수 있다는 욕심이 불쑥불쑥 들곤 하더군요."

"그게 잘못된 건 아니에요. 남자라면 누구나 생각할 수 있는 거잖아요. 그리고 그것은 사실이 될 거예요. 나는 당신을 천하그룹의 주인으로 만들 수도 있어요."

"압니다. 부장님의 생각이 어떠한지 그동안 충분히 느꼈으니까요. 하지만 저는 그 생각을 접었습니다. 저번 주에 부장님께 중요한 일이 있다고 말씀드린 것 생각나시죠?"

"끝내 말할 건가요?"

"예, 해야 됩니다."

박강호의 대답에 유태희의 얼굴이 점점 일그러져 갔다.

그의 태도에서, 그리고 음성에서 나올 이야기가 그녀를 비참하게 만들 거라는 확신 때문이었다.

그러나 그녀는 억지를 부리지 않았다.

"듣겠습니다. 말씀하세요."

"저는 어제 그녀에게 청혼을 했습니다. 그리고 집에 가서 부모님께 결혼 허락을 받았습니다. 꽃이 피는 봄날 식을 올리는 것으로 말입니다."

박강호의 말에 유태희의 얼굴이 하얗게 변했다.

그녀는 제대로 말을 받지 못했고 겨우 나온 목소리도 잔뜩 잠겨 있었다.

"당신……!"

"마음을 받아들이지 못해서 미안합니다."

"……"

"사랑하는 마음은 사람 스스로 어쩔 수 없다고 들었습니다. 사람에게는 운명이란 것이 있죠. 저에게는 그 사람이 운명입니다. 그러니 저를 그만 놓아주십시오."

"…그 말을 하려고 날 여기까지 불렀나요?"

"회사를 그만두라면 그만두겠습니다. 그러나 저로 인해 부장님이 아파하지 않았으면 좋겠습니다."

"아프지 말라고요? 어떻게 아프지 않을 수 있죠? 가르쳐 줘요. 아프지 않는 방법이 있다면."

"죄송합니다."

"나도 나중에 말하려 했어요. 세상에 태어나 처음으로 사랑한 사람이 당신이었다는 사실을 말이에요. 체면 때문에, 직장 상사라는 허울 때문에 가슴앓이하면서 더욱 잘해주지 못했다는 사실이 아쉬워요. 같이 있는 동안 내 사랑을 더 많이 보여줬으면 다른 결과가 나왔을까요?"

"부장님은 충분하셨습니다."

"당신, 남자잖아요. 왜 야망을 포기해요, 왜 나 같은 여자를 울게 만들어요!"

결국 운다.

유태희는 말하는 와중에 눈물을 보였다.

그렇게 당당했고, 그렇게 현명했던 유태희는 박강호를 제대로 바라보지 못한 채 울음을 터뜨리고 말았다.
한 번도 살아오면서 아쉬움을 느끼지 못했다. 원하는 것은 모두 얻었고 하고 싶은 일은 전부 할 수 있었다.
그러면서 얻은 것은 누구에게도 지지 않는다는 자신감과 성취욕이었다.
하지만 처음으로 사랑한 사람을 잃어버리는 상황이 발생하자 그녀는 무너지는 가슴을 막지 못하고 끝내 고개를 숙였다.

유태희는 사무실로 돌아오자마자 책상을 정리하고 자리에서 일어났다.
그런 후 바람처럼 사무실을 나가 버렸다.
유태희는 다음 날도 그다음 날도 회사에 나오지 않았다.
직원들은 그녀의 부재에 대해서 많은 궁금증을 가졌으나 기획실장을 비롯해서 경영진에서는 유태희의 부재에 대해서 함구로 일관했다.
업무의 진행이 마비된 것은 아니었다.
기획실장은 처리할 업무에 대해서 곧바로 보고를 올리라는 오더를 내렸기 때문에 기획경영부의 모든 업무는 실장 전결로 처리되었기 때문이었다.
그녀가 다시 사무실에 나타난 것은 거의 보름이 지난 후였다.
다시 나타났을 때 그녀의 모습은 예전보다 더욱 세련되었고 아름다워져 있었다.
 그녀는 무단결근에 대해서 아무런 말도 하지 않았다.
 대신 직원들을 모아놓고 폭탄선언을 했다.
 "여러분, 저는 오늘부로 회사를 그만두게 되었습니다. 미리 말씀드리지 못하고 떠나게 되어 미안해요. 하지만 언젠가는 다시 만날 테니 꼭 기다려 주세요."
 그녀의 분위기에 압도되어 직원들은 질문조차 하지 못했다.
 유태희는 인사만 한 채 곧장 기획실장실로 들어갔는데 얼마 지나지 않아 나온 후 사무실을 빠져나갔기 때문이었다.

 기획경영부 직원들은 그야말로 혼란 그 자체였다.
 그녀의 부장 승진은 유례가 없는 특별한 케이스였기 때문에 더욱더 그랬다.
 천하물산의 부장 승진은 연말에 벌어지는 인사심의위원회에서 결정되는데 그녀의 승진은 그룹 본사에서 직통으로 날아온 것이었다.
 그룹 본사에서 계열사에 대한 인사에 관여한 적은 지금까지 한 번도 없었다.
 더군다나 인사 시즌이 아니었는데도 특별 승진이 되었다는 것은 그녀가 막강한 배경이 있다는 것을 알려주는 것이었다.
 그런 그녀가 이렇게 단숨에 회사를 그만두었으니 직원들이 받은 충격은 대단한 것이었다.
 기획실장은 물론이고 차기 본부장으로 거론되던 그녀의 퇴사는 정말 믿을 수가 없는 대사건이었다.
 특히 박강호는 더했다.
 그녀가 왜 회사를 그만두는지 너무나 잘 알기 때문이었다.
 가능성을 따진다면 회사를 떠나는 것은 그녀가 아니라 자신이어야 했다.
 누구의 잘잘못을 따지기 이전에 그녀는 차기 천하그룹의 대권에 도전하는 오너의 직계였으니 당장 모가지가 잘려도 할 말이 없었다.
 불안감이 커져 박강호는 책상 서랍에 넣어놓은 사표를 자연스럽게 떠올렸다.
 그녀가 회사를 그만둔다는 것은 그만큼 충격을 받았다는 뜻이고 자신 역시 그만둬야 할 가능성이 커졌다는 것을 의미하는 것이었다.
 휴우…….
 저절로 한숨이 나왔다.
 유태희가 회사를 출근하지 않았던 보름 동안 내내 가시방석에 앉아 있는 기분이었다.
 그의 야근은 유태희가 사라지면서 자연스럽게 없어졌다.
 휴일에는 쉬었기 때문에 윤선아와 결혼 준비로 시간을 보낼 수 있었다.
 그러나 즐거움보다 불안감과 초조함이 앞섰다.
 결론은 빨리 날수록 좋은데 유태희가 출근하지 않자 그 불안감은 점점 커져갔다.

결혼은 점점 눈앞으로 다가오고 있어 어떤 식으로도 결정이 빨리 나기를 바랐다.

박강호의 자리에 있는 전화벨이 요란하게 울린 것은 여기저기 모여 뭔가를 떠드는 선배들의 뒷모습을 바라볼 때였다.

그들의 주제는 뻔했기에 그쪽으로 가지 못했다.

유태희에 관한 말이라면 어차피 그는 한 마디도 못할 것이기 때문이었다.

"기획 1팀 박강호입니다."

―저예요, 지금 회사 밖에 있는 커피숍에 있어요. 정문에서 좌측으로 백 미터 정도 올라오면 '미랑'이라는 간판이 보일 거예요. 나올 수 있죠?

"알겠습니다."

―기다릴게요.

워낙 오랫동안 붙어 다녔기 때문에 유태희의 목소리는 단숨에 알아볼 수 있었다.

놀라움을 숨겼다.

그녀가 비밀리에 이런 전화를 했다는 것을 직원들이 알게 해서는 절대 안 된다.

전화를 끊고 사수인 김완열에게 잠시 외출을 하겠다는 보고를 한 후 사무실 밖으로 나왔다.

김완열과의 관계는 그렇게 매끄럽지 못했다.

기획 1팀으로 오면서 유태희가 워낙 박강호를 챙겼기 때문에 그녀를 따라다니느라 김완열과는 오랜 시간을 보낼 겨를이 없었다.

　더군다나 김완열은 김문호와 다르게 프라이드가 무척 강한 사람이라 유태희가 자꾸 박강호만 챙기자 무시당한다는 생각을 가지는 것 같았다.

　건물에서 나와 길을 따라 올라가자 '미랑'이라는 커피숍이 눈으로 다가왔다.

　잠시 심호흡을 한 후 문을 열고 들어서자 창문을 통해 오는 것을 봤는지 유태희가 손을 드는 것이 보였다.

"어서 와요."

"네."

"제가 회사를 그만둬서 놀랐나요?"

"그렇습니다. 회사를 그만둔다면 부장님이 아니라 저라고 생각했으니까요."

"강호 씨는 아직도 저를 잘 모르는군요. 저는 그래서 아쉬워요."

"무슨 말씀이신지……."

"저는 강호 씨가 생각한 것보다 훨씬 괜찮은 여자예요. 오너일가라는 선입감이 있어서 제대로 평가를 받지 못했을 뿐이죠. 사랑했던 사람을 내가 차지하지 못했다고 괴롭힌다는 것은 말도 안 되는 일이잖아요. 그것 때문에 걱정했다면 강호 씨답지 않네요."

"걱정하지 않았습니다."

"그렇겠죠. 강호 씨가 그런 것에 걱정이나 하는 남자였다면 내가 정신없이 빠져들었을 리가 없죠."

박강호가 똑바로 시선을 부딪쳐 오자 유태희의 얼굴에서 자조 섞인 미소가 떠올랐다.

그녀는 커피숍으로 들어온 후부터 지금까지 한 번도 박강호의 얼굴에서 시선을 떼지 않고 있었다.

"내가 그 사람보다 강호 씨를 먼저 만났다면 이런 결과는 생기지 않았겠죠?"

"아마… 그럴 수도 있었을 겁니다. 부장님은 제가 본 어떤 여자들보다 매력적이었습니다."

"고마워요."

"회사를 그만두는 건 저 때문입니까?"

"맞아요."

그녀는 박강호의 질문에 잠시의 고민도 하지 않고 대답을 했다.

그런 후 천천히 말을 이어나갔다.

"보름 동안 집에서 쉬면서 별별 생각을 다했어요. 눈물도 많이 흘렸고 후회도 많이 하면서 당신이 사랑한다는 그녀를 찾아갈 생각까지 했어요. 재벌이 가진 힘은 상상한 것보다 훨씬 커서 어떤 짓이든 할 수 있어요. 강호 씨를 절대 포기하고 싶지 않다는 마음이 그런 생각까지 하게 만들더군요. 하지만 끝내 그래서는 안 된다는 생각이 들었어요. 강호 씨가 말한 대로 사랑은 운명적인 만남이 있어야 해요. 더군다나 강호 씨 같은 사람이라면 더욱 그렇죠. 내가 누군지 알면서도 눈 하나 깜짝하지 않는 당신을 내가 그렇게 해서 뺏는다면 나는 더욱더 불행해졌을 거예요. 어때요, 나 현명하죠?"

"…네."

"내가 당신을 진심으로 사랑했다는 건 믿나요?"

"당연합니다. 당신의 눈이 내내 그렇게 말하고 있었으니까요."

"치열한 내 삶 속에서 당신 같은 사람을 만나 사랑했고 사랑하는 동안 원 없이 행복했으니 후회하지 않을 거예요. 그동안 나 때문에 괴로웠다면 정말 미안해요. 그래도 내 입으로 당신을 포기한다는 말은 하지 않을 거예요. 행복하라는 말도 하지 않을 거고 잘 살라는 말도 하지 않겠어요. 그저 나는 내 사랑을 여기에 놓고 떠날 생각이에요."

유태희가 떠난 후 새로운 부장이 임명되어 왔다.

그는 직할본부 소속의 홍보부장으로 근무하다 왔는데 S대 출신이었고 차장 때 기획실에서 오랫동안 근무한 경력이 있는 사람이었다.

그가 처음 오자마자 한 일은 박강호를 다시 2팀으로 보낸 것이었다.

기획경영부의 조직을 새롭게 단장한다는 포장을 했지만 자리를 옮긴 것은 박강호가 유일했다.

대충 무슨 뜻인지 알 것 같았다.

유태희는 자신의 욕심 때문에 박강호를 데려온 게 마음에 걸려서 제자리로 돌려놓고 싶었던 모양이다.

박강호가 돌아오자 김문호는 반색을 했다.

멀지 않았지만 기획 1팀과 2팀은 칸막이로 가로막혀 같은 공간에서도 접촉할 기회가 많지 않았다.

더군다나 하는 업무가 다르다 보니 일에 집중하다 보면 하루가 훌쩍 갔기 때문에 사적인 대화를 한 적은 손으로 꼽을 지경이었다.

그 배경에는 유태희로 인해 박강호가 전혀 개인적인 시간을 낼 수 없었던 것이 컸다.

"강호야, 1팀에 가서 얼굴이 많이 상했구나. 거기 가서 고생한다는 소린 많이 들었다."

"고생은요. 부장님 쫓아다니면서 많은 일을 배웠습니다. 그나저나 과장님 얼굴 다시 뵙게 돼서 너무 좋습니다."

"나도 그래. 그런데 어쩌냐, 네 고생이 지금부터 본격적으로 시작될 것 같은데."

"무슨 일 있습니까?"

"중동 시장 진출 기획안이 떨어졌어. 세 달 이내에 완벽한 시나리오를 제출하라는 지시다."

"해외 사업 검토 지시가 구체화된 거군요."

"맞아, 그래서 팀장님 심기가 무척 불편해서. 승진 시즌이 곧 다가오니까 부담도 많이 가지시는 것 같아. 선거 활동을 해도 모자랄 시간에 이렇게 큰 프로젝트가 떨어졌으니 답답하기도 할 거야."

김문호가 힐끗 뒤쪽에서 심각한 표정을 짓고 있는 김충환을 바라보았다.

그는 Y대 출신으로 입사 15년 차였는데 이번 부장 승진을 바라보는 사람이었다.

천하물산의 직급 체계는 간단했다.

처음 입사하고 2년이 지나면 대리를 달아주고, 또다시 2년이 지나면 과장이란 직책을 준다.

문제는 차장부터였다.

차장으로 승진하기 위해서는 고과가 높은 과장들 중 승진 인원의 5배수를 뽑아 시험을 보는데 시험 과목이 무려 23개에 달했다.

김문호는 기획실에서 다음 차장 승진 대상자였기 때문에 내년 한 해 동안은 꼬박 공부에 매달려야 하는 실정이었다.

차장은 시험으로 승진자가 결정되지만 진짜 어려운 것은 부장 승진이었다.

천하물산에서 한 해 부장 승진자는 전체를 모두 합해 15명이 전부였다.

차장 승진자의 이십 프로 정도였으니 바늘구멍에 낙타가 들어가는 것만큼 어렵다고 봐도 된다.

부장 승진을 앞두고 있는 기획 2팀장 김충환이 요즘 들어 몸살을 앓고 있는 것은 그런 이유 때문이었다.

부장 승진은 시험이 아니라 임원들로 구성되는 심사위원회에서 결정되는데 그동안의 성과와 학연, 지연 등의 인맥, 그리고 온갖 백들이 작동되는 무시무시한 전쟁이었기 때문이었다.
 그런 마당에 일이 산더미처럼 쌓이자 불편함이 극에 달했던 것이다.
 "저희가 잘해야겠군요."
 "그래야지."
 "과장님도 이제 공부하셔야 되잖습니까?"
 "야, 잠깐 잊어버리고 있었는데 그렇게 꼭 되새기도록 만들어야겠냐. 그렇지 않아도 미칠 지경인데."
 "내년에는 팀장님이라고 불러야겠네요. 흐흐, 미리 축하드립니다."
 "이놈이, 어디서 김칫국을. 그래도 팀장 소리를 들으니까 기분이 좋기는 하다."
 박강호의 아부를 들은 김문호가 사악한 미소를 흘려냈다.
 과장들에게는 차장들이 맡고 있는 팀장이란 직위가 꿈에도 그리는 것이었다.
 물론 그 위에도 하늘 같은 직위들이 있지만 사람은 언제나 가까운 것에 목을 매달 수밖에 없는 동물이기 때문이었다.
 과장과 팀장이 하는 일은 천양지차로 변한다.
 과장이 실무를 맡아 각종 현황과 보고서를 작성하면 팀장은 그것을 검토하고 지시하는 관리자로서의 역할을 시행하는 초급간부가 된다.
 다시 말해 팀장은 삽질을 안 해도 되는 관리자였고 직무급을 받아 챙기는 간부란 뜻이다.

김문호가 언뜻 미소 속에서 안색이 흐려지는 것을 봤으나 박강호는 슬쩍 고개를 돌렸다.

그로서는 긴장이 되겠지만 걱정이 되지 않았다.

일 년 동안 지켜본 김문호는 베스트 중의 베스트였다.

각종 업무에 능통했고 영어는 물론 심지어 일어까지 원어민 수준처럼 구사했기에 차장 시험을 통과하는 것은 어려운 일이 아니라고 생각했다.

물론 그의 걱정이 어떤 것인지 잘 안다.

날고 긴다는 천하물산의 인재들을 상대로 경쟁해야 된다는 것은 부담을 넘어 초긴장의 상태를 만들어내기 때문이다.

특채를 통해 입사할 정도로 똑똑하고 잘나가는 직원들도 차장 시험을 통과하지 못하고 만년 과장으로 있는 경우가 많았다.

능력이 있는 사람들은 대부분 때려치우고 다른 직장으로 자리를 옮겼지만 배경이 약하거나 집안에 돈이 없는 사람들은 회사를 떠나지 않았다.

워낙 천하물산의 월급이 많았고 복지후생이 완벽할 정도로 좋았기 때문에 모험을 하고 싶지 않은 사람들은 야수들이 살아가는 본사를 떠나 지역본부에 근무하면서 유유자적한 삶을 살아갔다.

하지만 그 사람들의 행복은 길 수가 없다.

가정을 지키기 위해 어쩔 수 없이 회사를 다니는 것일 뿐 패배자로서의 삶을 살아간다는 것은 자존심에 커다란 상처를 입게 되고 조기 퇴직이라는 멍울을 언제나 가슴속에 매달기 때문이다.
 회사는 경쟁을 통해 삶을 연명해 나가는 전쟁터다.
 그래서 승진을 반드시 해야 한다.
 승진을 하지 못하는 순간 회사는 낙원이 아니라 지옥으로 변하고 만다.
 그런 측면에서 봤을 때 박강호도 예외가 될 수 없었다.

 양쪽 집안의 상견례는 결혼을 두 달 앞두고 서울에서 있었다.
 부모님은 윤선아와 함께 집으로 찾아가 결혼하겠다는 의사를 밝히자 윤문호와는 또 다른 걱정으로 안색을 흐리셨다.
 차이가 나는 집안 형편.
 아마도 부모님의 걱정은 그러한 것임이 분명했다.
 그리고, 또 하나.
 아들의 결혼에 보탬을 줄 수 없다는 자괴감이 부모님의 얼굴에서 역력히 나타나고 있었다.
 안심을 시켜 드리기 위해 최선을 다했다.
 두 사람이 모두 직장에 다니기 때문에 저축해 둔 돈이 있어 결혼 비용은 물론이고 신혼집도 마련하는 데 문제가 없다며 부모님의 걱정을 덜어드렸다.
 어머니의 얼굴에서 슬며시 웃음이 피어난 것은 박강호의 자신 있어 하는 모습을 본 후였다.

윤문호는 상견례 자리를 자신의 집이 있는 동네의 한식집에 마련했다.

시골에서 올라온 부모님의 행색은 여전히 남루했다.

나름대로 가지고 있는 옷 중에서 가장 좋은 것을 입고 오셨을 테지만 워낙 오래되어 빛이 바랜 것이었다.

그럼에도 윤문호와 권 여사는 정중하게 부모님을 맞아들였다.

오랜 공직 생활을 보낸 윤문호는 사위의 아버지를 허투루 맞이하는 실수를 범하지 않았다.

"어서 오십시오. 이렇게 만나 뵙게 되어서 반갑습니다."

"아… 예."

아버지께서는 윤문호의 인사를 어색한 모습으로 짧게 받으셨다.

아마, 윤문호가 입고 있는 고급 양복이 먼저 눈으로 들어왔던 게 분명했다.

그 모습을 보며 박강호가 속으로 자신의 가슴을 쳤다.

오늘을 위해 그는 아버지께 삼십만 원의 돈을 드리며 새 옷을 사 입으라는 말씀을 드렸다.

돈을 드릴 게 아니라 모시고 나가 직접 옷을 사 드려야 했다.

부모님의 성정을 알면서도 귀찮음에 젖어 서울로 발길을 돌린 자신이 너무나 한심하게 여겨졌다.

그렇다고 부모님의 모습이 부끄러운 것은 아니었다.

아버지의 얼굴은 왠지 모르게 하얗게 질려 있었는데 그 모습에 가슴이 먹먹하게 아파왔다.
아마, 부모님은 이런 고급 한정식집에서 처음으로 식사를 하실 게다.
음식을 시키지 않았음에도 한지로 곱게 싸인 탁자에는 종업원들이 날라 온 음식들로 가득 차기 시작했다.
벌써 코스 요리를 시켜놓은 모양이었다.
윤문호가 아버지께 술을 따른 것은 종업원이 음식을 차리고 나갔을 때였다.
"한잔하시지요."
"고맙습니다."
아버지가 잔을 받은 후 윤문호의 술잔에도 술을 따랐다.
그때부터 두 분은 주거니 받거니 술잔을 기울였다.
아버지의 입이 열리기 시작한 것은 술잔이 몇 순배 돈 후부터였다.
평소에는 과묵하시지만 아버지께서는 술을 드시면 입이 열리신다.
"귀한 따님을 불민한 저의 자식에게 주셔서 감사드립니다."
"아닙니다. 제가 겪어본 자제분은 정말 훌륭했습니다. 이렇게 심지가 굳게 키우신 걸 보니 사돈어른의 성정을 알 것 같습니다."
"과찬이십니다."
"그런데… 혹시 날짜는 정하셨는지요?"

"예, 3월 15일로 정했습니다. 입춘이 지나서 따뜻할 때로 날을 받았습니다."

"좋은 날이군요."

"그날은 이야기를 들어보니 손이 후하다고 합니다. 아이들이 아들딸 낳고 잘 살기를 바라는 마음에 결정했으니 사돈께서도 허락해 주시면 고맙겠습니다."

"그럼요, 당연히 그래야죠. 그런데……."

윤문호가 고개를 끄덕이더니 말끝을 흐렸다.

옆에서 두 분이 말을 하는 걸 지켜보고 있던 박강호는 직감으로 그가 무슨 말을 하려는지 알 것 같았다.

하지만 나설 수는 없다.

결국 윤문호의 입에서 하지 말았으면 하는 말이 흘러나왔다.

"식은 서울에서 했으면 좋겠습니다. 올라오시는 데 필요한 비용은 저희가 모두 부담할 테니 그리하시는 게 어떻습니까?"

윤선아를 통해서 여러 번 들은 이야기였다.

그녀의 아버지는 삶의 기반이 서울에 있었으니 서울에서 결혼식을 해야 많은 하객들이 온다는 것을 강조했다.

공무원을 수십 년 하셨고 꽤 고위직에 계셨기 때문에 그런 마음을 가진 것 같았다.

그러나 아버지는 그의 말을 듣고 아무 말씀을 안 하신 채 침묵을 지켰다.

자존심.

박강호가 집에 갔을 때 그 말을 전하자 아버지는 윤선아가 잠시 자리를 비우자 절대 안 된다는 말씀을 하신 적이 있다.
 아버지가 자란 곳은 신랑이 자란 데서 결혼식을 해야 된다는 전통을 가졌기 때문이었다.
 그랬기에 아버지는 잠시간에 침묵을 굳어진 음성으로 천천히 대답을 했다.
 "말씀은 잘 들었지만 그건 어려울 것 같습니다. 저는 저희 집이 있는 곳에서 식을 거행할 생각입니다."
 "재고해 주시면 안 되겠습니까?"
 "죄송합니다."

 상견례가 끝나고 부모님을 터미널까지 모셔다드린 후 다시 만난 윤선아의 얼굴은 흐려져 있었다.
 윤문호가 집으로 돌아가면서 불같이 화를 냈다는 것이었다.
 이해가 되었다.
 하지만 박강호는 아버지의 결정을 반대할 생각이 전혀 없었다.
 아버지께서는 아버지의 자존심이 있었고 자신은 자식으로서 아버지의 자존심을 존중해 드리고 싶었다.
 그럼에도 흐려진 윤선아의 마음을 달래주기 위해 슬그머니 입을 열었다.
 "선아야, 너도 장인어른 생각과 같아?"
 "당연하지. 아버지는 평생 살아오면서 직원들의 경조사에 수많은 돈을 내셨어. 경조사 비용은 일종의 품앗이 같은 거잖아.

강호 씨 집에서 결혼식을 하면 부조비가 반밖에 들어오지 않는다고 걱정해서. 내 친구들도 대부분은 이곳에 있어서 그것도 걱정되고."

"그럼 어쩌지?"

"아버지는 서울에서 결혼식을 하면 모든 비용을 지불하시겠대. 그러면 강호 씨 지출도 훨씬 줄어들지 않을까? 우리 돈을 아껴서 더 괜찮은 집을 알아보는 건 어때?"

"진심으로 하는 말이야?"

"답답해서 그냥 해본 소리였어. 신경 쓰지 마."

"선아야, 내가 태어나서 지금까지 살아오는 동안 가장 존경한 분은 우리 아버지였어. 비록 배운 것은 없으셨지만 내가 어떻게 세상을 살아가야 하는지 가르쳐 주신 게 바로 아버지야. 아버지는 언제나 집안의 일을 어머니 뜻에 따르셨는데 이번 결정은 오로지 아버지가 정한 거야. 그런 분의 결정을 어떻게 내가 따르지 않겠다고 말할 수 있겠어."

"강호 씨 마음 알아. 방금 말한 건 새 신부의 수많은 투정 중의 하나라고 생각해 줘. 사실은 나도 그렇게 해야 된다고 생각했어."

"착하네."

"예쁘면 뽀뽀해 줘. 오늘따라 강호 씨 입술이 마구 당기네."

웨딩드레스를 입은 윤선아의 모습은 마치 천사처럼 아름다워 눈이 부실 지경이었다.

새 신부는 웃으면 안 된다고 했지만 대기석에서부터 그녀는 친구들에게 둘러싸여 함박웃음을 숨기지 못했다.

친구들은 그런 그녀를 타박하는 걸 주저하지 않았는데 아직 결혼하지 않은 서여진은 특히 심했다.

"그렇게 좋으니?"

"응."

"얼씨구. 잠시의 고민도 안 하네."

"호호, 사랑하는 사람과 꿈에 그리던 결혼을 하는데 안 좋겠어? 너한테는 미안한 말이지만 지금은 하늘을 나는 것처럼 좋아서 어쩔 수 없어."

"이씨, 네가 자꾸 그러니까 나도 시집가고 싶잖아!"

"그러니까 까불지 말고 오늘 부케 받아. 혼자 사는 게 쉬운 일이니. 너같이 예쁜 애가 독신주의가 웬 말이야."

"너 좋아하는 거 보니까 살짝 흔들리기는 한다."

서여진이 미소를 지었다.

대학 때부터 독신주의를 부르짖던 그녀는 아직까지 결혼을 안 한 채 자유스럽게 살고 있었는데 오늘 윤선아의 결혼식에서도 부케를 안 받겠다고 계속해서 우겼다.

호호, 하하.

여자들은 셋만 모여도 접시가 깨진다고 했는데 다섯 명이 대기실에 모여서 떠들자 잠시도 조용할 새가 없었다.

문이 열리며 여직원이 얼굴을 내민 것은 시간이 다 되어 윤선아가 마지막으로 옷매무새를 다듬을 때였다.

"신부 준비되셨죠? 지금 식이 시작되니까 나오세요."

결혼식의 사회는 고흥준이 봤다.

놈은 박강호가 시키지도 않았는데 지가 아니면 볼 사람이 없다면서 최현승의 시기에 찬 눈초리를 단박에 무시해 버렸다.

"곧 식이 시작되니 하객 여러분께서는 자리에 앉아주시기 바랍니다."

누구나 알다시피 손님들이 사회자의 말을 가장 잘 듣지 않는 곳이 결혼식장이다.

손님 중에는 바쁜 일 때문에 밥만 먹고 가는 사람들이 많았고 부모들에게 눈도장만 찍고 돌아가는 사람들도 상당수가 있었다.

더욱이 오늘 결혼식은 신부 측 손님들이 서울에서 온 경우가 대부분이라 바깥에서 머물며 식장으로 들어오지 않는 사람들이 많았다.

고흥준이 세 번이나 식의 시작을 알린 후에야 식장에 손님들이 겨우 찼다.

식의 진행 멘트가 흘러나왔고 주례를 맡은 모교 교수의 소개가 이어졌다.

그런 후 고흥준은 입구에서 기다리는 박강호를 향해 힘찬 목소리를 흘려냈다.

"그럼 지금부터 신랑 박강호 군과 신부 윤선아 양의 결혼식을 시작하겠습니다. 신랑 입장!"

사회자의 부름에 박강호가 당당하게 걸음을 옮겨 나갔다.

주례를 맡은 서영찬 교수는 박강호를 보면서 웃고 있었는데 걸어오는 모습이 마치 군인처럼 보였기 때문이었다.

환호하는 친구들과 친지들의 박수 소리.

교수님께 인사하고 하객들을 향해 돌아서자 사회자의 지시에 따라 윤선아가 식장으로 들어왔다.

그녀는 윤문호의 팔에 손을 끼고 조심스럽게 걸어왔는데 그 모습을 바라보는 박강호의 눈은 더없이 따뜻해졌다.

이제 이 시간이 지나면 저 여자는 자신과 평생을 살아갈 반려자가 될 것이다.

결혼식이 모두 끝나고 폐백마저 마친 후 뒤풀이에 잠시 참석했던 두 사람은 곧장 신혼여행을 떠났다.

제주도.

비행기를 타고 내려다본 제주도의 모습은 이국처럼 아름다움으로 가득 찬 곳이었다.

제주도에서의 삼 일은 박강호가 살아온 인생 중에서 가장 행복한 시간들이었다.

언제나 가슴 졸였고, 언제나 투지를 불사르며 자신을 몰아세우던 삶을 잠시 내려놓은 채 그는 윤선아와 함께 인생을 설계하며 행복한 꿈을 꾸었다.

호텔은 텔레비전에서 보던 것처럼 화려했고 여행사에서 제공한 음식은 고급스러움의 극치를 보여주었다.

윤문호가 마련해 준 신혼여행 스케줄은 최상위 수준의 것이었다.

하지만 그 아름다웠던 꿈은 제주도에서 돌아오자 금방 다시 현실로 변했다.

박강호는 은행에 있는 잔고를 박박 긁어모아 윤선아가 그동안 적금을 들었던 돈과 합쳐 신혼집을 마련했다. 금호동에 있는 삼천만 원짜리 전세였다.

처가가 그곳에 있기 때문이 아니었다.

마련된 돈으로 그나마 전세를 마련할 수 있는 곳은 서울에서 몇 군데 되지 않았다.

윤문호와 이제는 장모가 된 권 여사는 그가 마련한 전세방을 돌아보며 한숨을 지었지만 끝내 도와주겠다는 말을 하지 않았다.

그들에게는 아들이 두 명이나 있었다.

대종갓집 장손으로 딸은 출가외인이란 생각을 뼛속까지 지니며 살아온 윤문호는 작은 전세방에 세간을 마련해 줬을 뿐 어떤 지원도 하지 않았다.

물론 박강호도 기대를 하지 않았다.

처가에 손을 벌린다는 것은 자존심에 상처를 입는 것이라 생각했기 때문에 윤문호가 도와준다고 했어도 거부했을 것이다.

신혼집은 이 층이었는데 방이 두 개였으나 하나는 창고로 쓸 만큼 작았고 부엌은 좁다란 복도를 따라 형성되어 두 사람이 함께 걸어가지 못할 정도였다.

그럼에도 좋았다.

비록 호텔처럼 화려한 집은 아니었으나 사랑하는 사람과 함께 산다는 것만으로도 그들은 꿈결 같은 시간들을 보낼 수 있었다.

세월은 빛살처럼 흘러갔다.

박강호의 스폰서라 알려졌던 기획본부장은 대리로 진급하던 해에 은퇴를 했고 당연히 승진할 것이라고 생각했던 김문호는 차장 승진 시험에서 물을 먹고 말았다.

현실을 받아들이고 싶지 않았지만 현실은 잔혹하게 박강호의 곁으로 파고들었다.

대리로 승진한 입사 3년 차는 한 해 동안 정말 힘든 나날이었다.

김문호가 승진 공부를 위해 수시로 자리를 비웠기 때문에 모든 일을 거의 혼자 처리해야 했다.

그렇다고 김문호를 원망할 수도 없었다.

자신 역시 언젠가는 그의 전철을 그대로 밟을 것이기 때문이었다.

연말에 벌어지는 차장 승진은 고과가 우수한 과장들을 대상으로 치러지는데 그 인원은 승진자의 5배수에 달했다.

천하물산의 차장 승진은 매년 50명 수준이었으니 시험 자격을 가진 250명의 날고 긴다는 과장들이 시험을 치른다는 뜻이었다.

그럼에도 김문호의 합격을 의심한 적은 없었다.

베스트 중에 베스트만 들어오는 기획실에서 7년이란 시간을 보낸 김문호는 K대를 톱으로 졸업한 재원이었다.

김문호가 불합격 통보를 받은 날 박강호는 그를 데리고 술집에 가서 떡이 되도록 마셨다.

가슴이 아플 때는 술이 제일이다.

그리고 그 술과 함께 응원하는 사람이 같이 있다면 더더욱 힘이 나게 된다.

김문호는 며칠 지나지 않아 금방 정신을 차리고 또다시 공부에 매진했다.

그의 탈락은 박강호에게 위기임과 동시에 기회이기도 했다.

비록 혼자 업무를 처리해 나가야 하는 어려움이 있었지만 김문호가 틈이 날 때마다 사무실로 나와 핵심을 짚어줬기 때문에 여러 개의 기획안을 성공리에 마무리할 수 있었다.

첫째 아들이 태어난 것은 그해 김문호가 차장 승진에 합격한 다음 날 새벽이었다.

윤선아의 배가 남산만 해졌고 해산일이 다가왔다는 것을 알았지만 박강호는 김문호가 끌고 간 룸살롱에서 정신을 잃을 정도로 술을 마셨다.

차장으로 승진한 이상 김문호는 며칠 내로 기획실을 떠날 것이기 때문에 박강호는 찜찜한 마음을 접고 그가 하자는 대로 따를 수밖에 없었다.

결국 아들이 태어나는 것을 보지 못했다.

새벽에 겨우 집에 들어갔을 때 윤선아는 이미 윤문호에 의해 병원에 옮겨져 해산을 했기 때문이다.

남편으로서 아내에게 치명적인 약점을 잡힌 것이나 마찬가지였기에 박강호는 윤선아의 잔소리를 원 없이 들어야 했다.

재밌는 것은 둘째가 태어날 때도 역시 보지 못했다는 것이었다.

둘째는 박강호가 과장으로 진급해서 입사 7년 차가 되었을 때 태어났다.

그의 밑으로 들어온 신입 사원이 아직 일을 배우지 못해 야근을 밥 먹듯이 할 때 뭐가 그리 급했던지 둘째 놈은 산통이 오자마자 30분 만에 세상에 나왔던 것이다.

부랴부랴 병원으로 갔을 때 윤선아는 박강호를 째려보며 나가라는 듯 손을 훼훼 저었다.

병실 문에 걸쳐 서서 오도 가도 못하고 눈치를 봤다.

그런 후 오랜 시간 잘못했다고 손이 닳도록 빈 후에야 겨우 둘째 놈을 안아볼 수 있었다.

그의 스폰서라고 알려져 있던 기획본부장이 은퇴하면서 박강호는 철저하게 냉혹한 회사의 질서 속에서 움직일 수밖에 없었다.

회사에 들어온 후 2년 동안은 기획본부장의 눈치를 보면서 큰소리를 절대 내지 않던 선배들과 상사들은 그가 은퇴하자 본격적으로 박강호를 견제하기 시작했다.

아무런 줄과 백도 없는 그로서는 외로움에 사로잡힐 수밖에 없었다.

한 달에 한두 번씩 벌어지는 SKY의 동문회가 열릴 때마다 직원들은 뭉텅거리며 빠져나갔다.

그들이 가지고 있는 학연의 힘은 정말 무서울 정도로 끈끈하고 집요했다.

그나마 다행인 것은 그가 아직 간부가 아니었기 때문에 견제가 덜해서 직장 생활에 치명적인 지장이 없다는 것이었다.

D대 출신의 예산집행부 김형섭 차장은 벌써 삼 년 내리 부장 심사에서 탈락하고 있었는데 기획실이라는 프리미엄을 안고도 그가 고배를 마신 이유는 학연이 없어서라는 것이 중론이었다.

하긴 승진 심사뿐만 아니다.

그는 본사뿐만 아니라 지역본부와 생산 공장에 대한 예산권을 쥐고 있었음에도 제대로 된 끗발을 부리지 못했다.

학연과 지연, 그리고 막강한 백이 움직이는 회사에서는 일개 개인이 가진 끗발은 개무시되는 경우가 비일비재했다.

그런 학연의 무서움을 지켜보며 박강호는 남모르게 한숨을 짓곤 했다.

천하물산에서 SKY란 배경이 없다면 부장 승진은 꿈도 꾸지 못하는 일이었다.

그랬기에 박강호는 차장 진급을 하고 나면 지역본부로 내려갈 생각을 하고 있었다.

가까운 충청이나 전북본부로 내려가 자리를 잡고 지역본부로 할당되는 몫을 받아 진급을 해야겠다는 야망을 품었던 것이다.

천하물산은 부장 진급자의 사십 프로 정도를 지역본부와 생산 공장 몫으로 배정하기 때문인데 본사에서 벌어지는 것과는 다르게 학연에 구애받지 않고 싸울 수 있었다.

SKY에 연고가 없는 유학파와 타 대학 출신들이 부장 진급을 위해 지역본부로 몰려들었기 때문이다.

물론 그것도 쉬운 일이 아니었다.

아니, 경쟁으로 따진다면 지역본부 몫으로 부장을 단다는 것은 오히려 더 어려운 일인지도 몰랐다.

일단, 경쟁 상대자가 많았다.

지역본부의 대표 주자가 되기 위해서는 기라성 같은 경쟁자들을 물리치고 본부장의 눈에 들어야 하는데 그것 또한 하늘의 별을 따는 것처럼 어려운 일이었다.

박강호는 기획실 직원들의 예상을 보란 듯이 깨고 입사 8년 만에 차장을 달았다.

C대 출신인 박강호가 첫 시험에서 합격할 것이라 예상한 사람은 아무도 없었다.

해외파와 SKY 출신들조차 팡팡 나가떨어지는 차장 승진 시험은 승진고시라고 불릴 정도로 어려운 것이었지만 박강호는 다섯 손가락에 꼽힐 정도의 우수한 성적으로 당당히 합격을 했다.

그가 거의 1년 동안 차장 승진을 위해 5시간만 자는 노력을 했다는 걸 그들은 전혀 눈치채지 못했다.

차장이 된 후 그는 뒤도 안 돌아보고 충청본부로 자원해서 대전으로 내려갔다.

어차피 차장 승진을 하면 기존 부서를 떠나야 하기 때문인데 그가 지역본부를 택한 것은 부장 승진에 대한 야망도 있었지만 끝없이 이어지는 학연의 끈질기고 더러운 냄새가 싫었기 때문이었다.

윤선아는 둘째를 낳은 이후 회사를 그만두었기 때문에 이사를 가는 것에 반대하지 않았다.

그러나 그의 바람은 불과 4년 만에 깨지고 말았다.

어느새 고속으로 성장해서 재무처의 국내재무조달부장으로 자리 잡은 김문호가 박강호를 본사로 끌어올렸기 때문이었다.

지옥으로의 입성.

자신의 의견을 묻지 않고 발령을 내버린 김문호가 너무나 야속했지만 박강호는 끝내 내색하지 않았다.

그가 무슨 생각으로 불러올렸는지 알고 있었기 때문이었다.

남자는 자신을 알아주는 사람을 향해 목숨을 바친다는 말이 있다.

김문호는 박강호에게 그런 사람이었다.

그는 누구보다 박강호의 업무 능력을 인정했고 사내로서 믿음을 보여주었으니 지옥에 같이 가자고 해도 따라나설 수밖에 없었다.

김문호의 밑에서 재무 1팀장 자리를 맡았다.

하지만 부장 승진을 이제 3년 앞둔 박강호에게는 지옥 같은 나날들이 기다리고 있을 것이기에 마음이 한없이 무거웠다.

아무리 김문호가 띄워준다 해도 학연이 없는 상태에서 싸운다는 것은 계란으로 바위를 치는 것과 다름이 없었다.

그럼에도 슬그머니 이를 악물고 전의를 다졌다.

불가능이란 없다.

그리고 그 불가능을 가능으로 만든다면 그는 지역본부에서 승진한 것보다 훨씬 커다란 영향력을 행사하며 본격적으로 천하물산에서 자신의 꿈을 펼쳐 나가게 될 것이다.

제34장
천하물산의 이단아

입사 동기인 한석율은 박강호보다 한 해 늦게 차장으로 승진했다.

쉽게 말해서 한 번 물을 먹었다는 뜻인데 차장 진급 후 다른 부서로 잠시 갔다가 2년 만에 기획실로 컴백했다.

그의 머리 회전 능력과 사업 계획 능력을 윗선에서 인정한 것도 있었지만 S대 라인이 그를 끌어당긴 게 가장 큰 원인이었다.

한석율이 지금 머리를 맞대고 술잔을 기울이고 있는 것은 기획실 조직관리부에서 근무하고 있는 김기찬이었다.

그는 한석율보다 입사와 차장 진급이 2년 빨랐는데 S대에서 학부 때 2년을 같이 공부한 인연이 있었다.

차장만 되어도 사원들처럼 삼겹살집을 전전하지 않았다.
기본적으로 간부들은 법인 카드를 쓸 수 있는 권한이 주어졌기 때문에 사적인 일이 아니라면 핑계를 대고 직원들과 밥 먹는 비용은 얼마든지 쓸 수 있었다.
그들이 마주 앉은 곳은 회사에서 차로 10분 거리 떨어진 '우리소'란 곳이었는데 한우만 취급하는 고급 음식점이었다.
둘의 얼굴은 소주를 한 병씩 나눠 먹어 이미 얼큰하게 붉어진 상태였다.
"야, 한 차장. 박강호 그놈을 김문호 부장이 데려왔다는 거 맞아?"
"그렇게 들었습니다."
"박강호와 동기지?"
"동기지만 동기로 취급하지 않습니다. 근본도 없는 놈이잖습니까."
"크크크……. 그런데 김문호는 무슨 생각으로 그놈을 데려왔을까?"
"예전 기획실에 같이 있을 때 박강호를 무척 아꼈습니다. 그래서 데려온 것 같더군요."
"의리 때문이란 말이군."
김기찬이 여전히 가소롭다는 웃음을 머금었다.
의리라는 말은 회사에서 통하지 않는 말이라고 생각했기 때문이었다.
총성 없는 전쟁터인 회사는 같잖은 의리 따위로 승패가 결정되는 곳이 아니었다.

한석율이 그와 비슷한 웃음을 지은 것은 생각이 같다는 것을 알려주는 것이었다.

"한 치 앞도 보지 못하는 근시안이기도 하지요. 본인은 박강호를 위해서 데려왔다고 생각하는 것 같지만 곧 알겠죠. 그게 박강호를 얼마나 비참하게 만드는지 금방 뼈저리게 느낄 겁니다."

"맞는 말이다. 지금 K대 측에서는 난리도 아니야. 창창한 후배들을 제치고 그놈을 데려온 것 때문에 그쪽 라인에서 말이 많아."

"그렇겠죠. 우리 회사에서 그런 경우는 거의 없었으니까요."

"하여간 재밌어지겠어. 예전 기획실에서 근무하던 김형섭 차장 기억나지?"

"유명한 사람이었죠."

"유명했다기보다는 불쌍한 사람이었지. 기획실에서 결국 승진을 하지 못하고 떠난 사람은 그가 유일했잖아. 고생은 고생대로 좆빠지게 하고 결국 진급을 못 하고 차장으로 본사를 떠났다가 2년 만에 회사를 그만두었으니까. 박강호가 딱 그런 경우다. 그때 김형섭 차장도 지금은 그만둔 남희철 상무 때문에 본사로 올라와서 인생을 조졌던 거야."

"김형섭 차장은 떠나던 날 눈물을 보이더군요. 안타까웠지만 불쌍하지는 않았습니다. 되지도 않는 욕심 때문에 스스로가 가져온 불행이었죠."

"그러니까 배경이 없는 놈이 뭐하러 본사를 와. 오라고 해도 버텼어야지. 그렇게 했다면 본부나 지사에서 차장으로 여유 있게 살았을 텐데 말이다."

"사람의 욕심은 한이 없으니까요. 박강호도 결국 그런 것 아니겠습니까?"

"바보 같은 놈이다, 그놈은. 네가 그래도 동기란 타이틀이 있으니까 가서 말해줘. 1년만 있다가 떠나라고. 그게 그놈을 위해서도 좋아."

"그렇잖아도 슬쩍 말해줄 생각이었습니다. 그나마 예전에 같이 근무했던 인연이 있으니 그렇게라도 조언을 해줘야죠."

옛날 신입 사원 때 기획실로 같이 발령 났던 한석율과 강병철이 슬며시 다가온 것은 박강호가 업무 파악을 하느라 정신이 없던 2월의 마지막 주였다.

본사에 들어온 지 거의 한 달이 다 가도록 연락조차 없던 놈들이 불쑥 찾아오자 의아한 생각이 들었지만 커피나 한잔하자는 말을 거부하지 않았다.

비록 그들이 자신을 끈 떨어진 놈 취급하면서 멀리했지만 동기라는 사실만으로도 찾아온 것에 고마운 마음을 가졌기 때문이었다.

놈들은 차장 진급 후 박강호보다 먼저 본사로 들어왔는데 한석율은 기획실에서 근무했고 강병철은 인사처 소속이었다.

커피를 시켜서 탁자에 돌아왔을 때 먼저 입을 연 것은 한석율이었다.
"그동안 잘 지냈어?"
"본부에서 편하게 지냈다. 생소한 업무들이 많아서 재밌기도 했고."
"아무래도 본사보다는 본부가 좋겠지. 여긴 본부에 비하면 살벌하잖아."
"맞는 말이야. 그런데 네 얼굴 보니까 윤이 나는 게 좋아 보이네. 석율이 너는 본사가 체질인 모양이다."
"살아온 게 비슷해서 그렇겠지. 나는 영국으로 가기 전까지 서울을 떠나본 적이 없어서 지방에 가면 못 살아. 그러니까 본사가 체질적으로 맞는 것 같다."
"그렇구나. 그건 병철이도 마찬가지 아냐?"
박강호가 커피 잔만 만지작거리는 강병철을 향해 눈을 돌렸다.
놈은 지금까지 한마디도 하지 않고 두 사람의 대화만 듣고 있는 중이었다.
역시 신중한 성격이다.
동기들끼리 만난 자리라면 웃고 떠들며 즐겨야 하는데 지금 이 자리는 결코 그렇지 않았다.
강병철이 입을 연 것은 만지작거리던 잔을 들어 커피를 한 모금 마신 후였다.
"박강호, 지금 본사는 네가 들어온 것 때문에 말이 많아. 알고 있어?"

"내가 본사로 온 것이 그렇게 떠들 일이냐?"

"옛날과는 다르다. 갓 입사했을 때는 예외를 두었겠지만 간부가 되었을 때는 받아들이는 게 달라. 너도 알 것 아니냐."

강병철은 눈을 돌리지 않고 직설적으로 물어왔다.

놈의 말이 무슨 뜻인지 안다.

변죽을 올리며 자신의 눈치만 살피는 한석율보다는 이놈이 훨씬 낫지만 그렇다고 기분이 좋은 것은 아니었다.

그랬기에 박강호의 음성이 스산하게 가라앉았다.

"그래서, 하고 싶은 말이 뭐냐?"

"난 너의 동기로서 충고를 해주기 위해 왔다. 나는 네가 예전에 있었던 김형섭 차장처럼 되지 않기를 바란다."

"그러면?"

"1년만 있다가 다시 본부로 내려가. 그것이 너를 위하는 길이야. 지금 대부분의 부장들은 대놓고 말하지 않지만 네가 다시 내려가기를 바라고 있어. 그러니까 험한 꼴 보기 전에 본사를 떠나는 게 좋을 것 같다."

박강호가 슬쩍 인상을 긁자 강병철 대신 한석율이 나섰다.

놈은 변죽만 올리다가 결정적인 순간이 오자 정확하게 자신의 의중을 내비쳤다.

정말 웃기는 놈들이었다.

이제 놈들이 온 이유를 정확히 알 것 같았다.

두 놈은 자신보다 진급이 일 년 늦었지만 때가 되면 경쟁 상대로 언제든지 변할 수 있었다.

하지만 그런 이유라면 놈들은 오지도 않았을 것이다.

한 달이 넘도록 찾아오지 않던 놈들이 갑자기 이렇게 찾아온 이유는 놈들의 선배들이 시킨 것이 분명했다.

본사의 중요한 자리를 근본도 미미한 떨거지가 차지한 것을 불쾌하게 여겨서 놈들을 보낸 게 분명했다.

그랬기에 박강호는 가소롭다는 웃음을 얼굴에 떠올렸다.

"너희들 참 할 일 더럽게 없는 모양이구나. 내 일까지 신경 써줘서 고맙기는 한데 이제 그만 가봐."

"어쩔 생각인데?"

"내 일은 내가 결정한다. 그리고 나는 본사를 떠날 생각이 없다."

"후회하게 될 거다. 그러니 다시 잘 생각해 봐."

"알았으니까 좆까는 소리 하지 말고 그만 가라. 그리고 그런 쓸데없는 소리 할 거면 다시는 내 눈앞에 나타나지 마. 다시 한번 그런 개 같은 소리 하면 그때는 정말 그냥 두지 않겠다. 그러니까 꺼져!"

궁합이 맞는 사람과의 회사 생활은 즐겁다.

시선만 마주쳐도 무슨 뜻인지 안다는 건 마음이 통한다는 것을 의미하는 것이니 업무의 진척과 의사 결정이 빠르게 진행될 수밖에 없었다.

그건 퇴근 후에도 마찬가지였다.

김문호는 한 달에 두세 번은 꼭 박강호를 데리고 고급 식당에 다니며 술을 마셨다.

　회사에 지친 몸은 술로 풀어줘야 된다는 것이 김문호가 박강호를 데리고 다니는 이유였다.

　재무처는 기획실과 다르게 업체와 밀접한 관계를 가진 부서였다.

　모든 자금줄이 그곳에서부터 출발했기 때문에 업체의 사장들은 김문호를 하느님 받들듯이 받들어 모셨다.

　업체의 계약서부터 자금 지출까지 모든 권한을 쥐고 있으니 어쩌면 당연한 일이었다.

　수십억에서 수백억이 지출되는 자금 회전은 며칠만 늦어도 업체들에게 치명적인 상처를 줄 수 있었고 반대로 거대한 이익을 만들어줄 수도 있었다.

　그러다 보니 눈먼 돈들도 수없이 나돌았다.

　업체의 사장들은 한번 만날 때마다 박강호에게 봉투를 내밀었는데 들어 있는 돈의 숫자가 상당했다.

　검은 돈이 관행처럼 움직이고 있다는 것을 박강호는 그때 처음으로 알았다.

　욕심이 났다.

　하지만 그러한 욕심을 부리기에는 박강호의 신념이 너무나 강했다.

　재벌 딸의 사랑까지 마다한 그의 신념은 검은돈의 탐욕을 여지없이 부숴 버렸다.

　결혼 후 10년이 넘도록 집을 마련하지 못했던 박강호가 아파트를 마련한 것도 재무처에 들어와서였다.

꾸준히 적금을 들고 있었지만 돈이 부족해서 3년이 지나야 가능했으나 은행 대출을 받아 집값이 싼 하남에 집을 마련했다.

빚을 지는 것은 죽기 보다 싫었으나 전세를 전전하는 것도 그에 못지 않게 괴로운 일이었다.

처음으로 자신의 집을 마련해서 이사를 했을 때 윤선아는 두 아들을 데리고 거실에서 춤을 출 정도로 기뻐했다.

10년간의 전세 생활.

그 기간 동안 집 없는 설움은 고스란히 윤선아의 몫이었다.

전세값을 올려달라며 강짜를 부리는 주인에게 사정을 하는 것도 그녀가 했고 평수를 넓혀 이사를 하는 것도 그녀의 몫이었다.

그럼에도 윤선아는 한 번도 박강호에게 불평을 한 적이 없었다.

성실하게 살아가는 남편을 언제나 응원했을 뿐 집을 갖고 싶다는 말을 한 번도 꺼내지 않았다.

새집으로 이사하던 날 밤 박강호는 그녀와 함께 맥주를 나눠 마시며 기쁨을 마음껏 누렸다.

여자의 눈물이 많다고 하지만 집을 마련한 후 우는 윤선아의 모습은 가슴 아프도록 사랑스러운 것이었기에 박강호는 그녀를 안고 침대로 향했다.

"애들 방금 재웠단 말이야. 깨면 어떻게 해."

"걱정하지 마. 우리 애들은 한번 자면 일어나지 않잖아."
"그럼, 애들 잘 자는지 확인해 보고 문 꼭 닫아."
"알았어. 여긴 방음이 잘되었다고 하더라. 그러니까 오늘은 마음껏 소리 질러도 돼."
"아이, 부끄럽게 그런 소리를……. 알았으니까 얼른 갔다 와."

본사에 올라온 후 일 년이란 시간이 꿈결처럼 지나갔다.
업무를 익히느라 정신없이 바빴던 것도 있었지만 김문호는 업체 사장들을 만날 때마다 그를 대동했기 때문에 일주일이 어떻게 가는지도 모를 지경으로 바쁘게 지낼 수밖에 없었다.
사람이 분위기를 바꾸고 싶다면 세 가지 방법이 있다고 한다.
머리를 깎으면 하루가 즐겁고, 승용차를 바꾸면 한 달이 즐겁다고 했다.
집을 바꾸면 여섯 달이 즐겁다고 했으니 박강호가 정신없이 시간을 보낸 것은 자신의 집을 마련했기 때문이기도 했다.
하지만 꽃피는 봄이 오자 박강호는 가슴속에 점점 커다란 돌덩이가 틀어박히는 부담감으로 밤잠을 이루지 못하는 날들이 많아지기 시작했다.
당장 내년이면 부장 진급 서열로 올라가기 때문이었다.
한석율과 강병철은 그날 이후 한 번도 찾아오지 않았다.
복도에서 만나도 그저 눈인사만 했을 뿐 동기 모임이 있을 때 겨우 보는 정도였다.

놈들에게 보여주고 싶었다.

불가능을 가능으로 바꿀 수 있다는 것을.

쉽지는 않겠지만 박강호는 계속해서 그런 꿈을 꾸었다.

천하물산처럼 SKY가 아니라면 부장 진급이 거의 불가능한 곳에서 살아남을 수 있는 방법은 무엇이 있을까.

풀어지지 않는 매듭.

단단하게 꼬이고 조여진 매듭을 풀어낼 수 있는 방법을 찾아내지 못한다면 그는 한석율의 말처럼 슬픔으로 가득 찬 눈물을 흘리며 본사를 떠나야 될지도 몰랐다.

그랬기에 그의 고민은 시간이 지날수록 점점 깊어졌고 가슴앓이는 더욱 심해져만 갔다.

김문호에게 자신의 고민을 털어놨으나 그는 별다른 방법을 제시하지 못했다.

워낙 K대의 포스트 주자로 학교에서의 전폭적인 지원을 받아 진급한 케이스였기 때문에 그는 박강호의 고민을 해결해 주지 못했다.

그렇다고 그가 나 몰라라 방임한 것도 아니었다.

그러나 그가 제시한 방법은 열심히 일하다 보면 좋은 성과가 생길 거란 것뿐이었다.

그는 때가 되면 자신이 박강호를 대신해서 처장들과 임원들에게 미친 듯이 뛰어줄 거란 약속을 했다.

고마운 말이었으나 그렇다고 그것이 해결책은 아니었다.

승진은 본인이 95프로를 책임지고 나머지 5프로는 주변 사람의 도움으로 이루어진다는 명언이 있기 때문이다.

스스로 움직이지 않는 자는 SKY 할애비라도 진급을 하지 못한다.

김문호가 쉽게 진급한 것 같지만 술자리에서 그의 이야기를 들어보면 입이 떡 벌어질 만큼 고생했다는 것을 알 수 있었다.

그러나 하늘이 무너져도 솟아날 구멍이 있다고 했던가.

어느 날 문득 그의 뇌리에 번개처럼 떠오른 것은 천하물산의 해결사로 불리는 홍보부장 김대진이었다.

이단아.

그리고 심지어는 그를 보고 돌연변이라고 부르는 자들도 있었다.

지방의 삼류 대학 J대를 졸업하고 초고속 승진을 거듭하며 직할본부의 최고 요직을 차지한 그에게는 수많은 수식어가 따라다녔다.

어떤 사람들은 그가 막강한 백을 가졌다 했고 어떤 사람들은 오너 일가와 친척 관계라는 소문을 들었다고 떠벌리기도 했다.

하지만 그는 어떠한 소문에도 입을 열어 사실을 확인해 준 적이 없었다.

신비의 인물이다. 그리고 아이비리그를 제외한다면 유일하게 SKY가 주름잡는 천하물산에서 당당하게 임원 승진 후보로 거론되는 능력자이기도 했다.

업무가 조금 한가해진 날 박강호는 사무실을 나와 엘리베이터로 향했다.

무언가를 얻기 위해서는 실행이 따라야 한다.

홍보부장 김대진은 워낙 핵심 요직에 있는 사람이라 중요 행사가 있을 때마다 먼발치서 자주 봤으나 가까이서 말을 나눈 적은 한 번도 없었다.

망설여졌다.

업무에 관한 이야기라면 자연스럽게 접근할 수 있겠지만 사적인 이유로 찾는다는 건 상대방으로 하여금 불쾌감을 느끼게 만들 수도 있다는 생각이 들었다.

또 하나의 이유는 그의 정체에 관한 것이었다.

자신과 처지가 비슷하다고 생각한 것이 절대적인 오판일 수도 있었다.

만약 그가 소문처럼 막강한 줄을 가졌거나 다른 이유로 승진을 했다면 박강호는 창피만 당하고 돌아올 가능성이 컸다.

그랬기에 오늘이 오기까지 여러 번 망설이고 망설였다.

회사 내의 소문은 생각보다 훨씬 빠르다.

더군다나 박강호는 회사 내에서 아웃사이더와 다름없기 때문에 승진을 위해 김대진을 찾아갔다는 소문이 난다면 치명타를 입게 될 수도 있었다.

그럼에도 마음을 굳게 먹고 39층에 있는 홍보실을 찾았다.

간절히 원하는 것을 얻기 위해서는 모험을 해야 할 때도 있는 법이다.

엘리베이터에서 내려 뚜벅뚜벅 걸어 홍보실의 문을 열었다.

홍보실은 언론기관을 상대하는 부서답게 다른 실, 처와는 사무실의 배치와 집기의 수준이 현저하게 차이가 났다.

기자들을 상대하기 위해선지 사무실 중앙에는 고급스러운 가죽 소파가 놓여 있었고 직원들은 외근을 나갔기 때문인지 몇 명 보이지 않았다.

홍보부장의 자리는 사무실 맨 끝 쪽에 있었다.

차단막으로 완벽하게 가려진 부장의 방은 얼핏 보면 철옹성처럼 느껴질 정도였다.

직원에게 물어 자리에 계신다는 소리를 들은 후 방문을 두드렸다.

그러자 걸걸한 목소리가 들려왔다.

"들어오세요."

문을 열고 들어선 박강호는 책상에서 업무를 보고 있다가 자신을 바라보는 김대진을 향해 정중하게 고개를 숙였다.

그런 후 그의 눈을 바라보며 입을 열었다.

잔뜩 긴장이 되었으나 다행스럽게 입을 통해 흘러나온 목소리는 떨리지 않았다.

"부장님 안녕하십니까. 재무처의 박강호 차장입니다. 드릴 말씀이 있어서 왔습니다."

"박 차장, 자네가 웬일이야?"

상대를 확인한 홍보부장이 의자에서 일어서며 반색을 했다.

자신을 모를 거라고 생각했는데 홍보부장은 마치 여러 번 만난 사람처럼 반갑게 맞아주었다.

"앉아. 차 한 잔 줄까?"

"감사합니다."

홍보부장은 직접 탁자에 준비되어 있는 녹차를 타서 소파로 가져왔다.

그의 사무실에는 의자가 여섯 개 달린 고급 소파가 놓여 있었는데 다른 부서의 부장들에게는 지급되지 않는 것이었다.

찻잔을 박강호에게 내민 홍보부장의 눈은 깊게 가라앉아 무슨 생각을 하고 있는지 알 수 없게 만들었다.

"박 차장이 나를 보러 올 줄은 몰랐네. 그래, 본사 생활은 어때. 잘 지내나?"

"예, 부장님. 그런데 어떻게 저를 아십니까?"

"자네 유명한 사람이잖아. 매년 봤지만 정말 축구 하나는 끝내주더군."

궁금증이 풀렸다.

그가 어떻게 자신을 아는지 알게 되자 속으로 한숨이 흘러나왔다.

그렇구나. 축구가 있었지.

차장으로 진급할 때까지 축구 선수로 뛰었고 작년에 본사에 올라와서도 대회에 나가 맹활약을 했으니 그가 아는 것도 무리는 아니었다.

그럼에도 기분은 좋지 않았다.

업무에 대한 능력 때문이 아니라 그저 축구를 잘한다는 이유로 홍보부장이 자신을 안다는 것은 지금 그가 하려는 말에 오히려 악영향을 미칠 거라는 판단이 들었기 때문이었다.

그랬기에 슬그머니 입을 여는 박강호의 음성은 저절로 잠겨 들었다.

또다시 망설여지는 생각이 들었으나 마음을 모질게 다잡았다.

여기서 물러선다면 그는 또다시 불면의 나날을 보내게 될 것이기 때문이었다.

"부장님, 저는 작년에 재무처로 올라왔습니다. 벌써 차장 6년 차라서 부장님께 조언을 얻고 싶어서 왔습니다."

"어떤 조언?"

"내년이면 부장 진급 케이스가 되거든요. 고민을 하다가 겨우 용기를 내서 왔습니다. 부장님께서 저에게 뼈와 살이 되는 조언을 해주실 수 있다고 생각했습니다."

"무슨 소린지 알겠군."

구구절절 말을 하지 않았지만 홍보부장은 쓴웃음을 지으며 박강호를 바라보았다.

표정만으로도 그는 박강호가 하고 싶어 하는 말을 정확하게 짚은 게 분명했다.

역시 뭔가가 있다.

작은 단서 하나만으로 상황을 추측하는 능력은 거의 발군인 것 같았다.

"자네 출신이 아마 C대지?"

"맞습니다."

"푸하하······."

한마디 대답으로 노련하다는 것을 인정할 수밖에 없었지만 그가 자신의 출신 성분까지 알고 있으리라고는 상상조차 하지 않았다.

그랬기에 의아한 표정을 짓자 홍보부장이 유쾌한 웃음을 흘려냈다.

"왜, 자네가 어디 나왔는지 내가 아는 게 신기해?"

"···그렇습니다."

"신기할 것 없어. 난 자네를 유심하게 지켜보고 있었으니까."

"저를 말입니까?"

"원래 사람은 자신과 비슷한 사람에게는 자연스럽게 관심이 가는 법이거든. 자네는 분명 내가 지방 삼류대 J대 출신이란 걸 알고 왔을 거야. 그렇지?"

"죄송합니다."

"정말 죄송한가?"

"그렇습니다."

"그렇다면 일어나서 나가. 그런 마음으로 왔다면 나에게 어떤 말을 들어도 자넨 얻는 게 하나도 없을 테니까."

그가 박강호를 노려보며 잇새로 말했다.

40대 중반의 나이인데도 그의 안광은 형형했고 사람을 위압하는 기세가 대단했다.

하지만 박강호도 만만치 않았다.

천하물산이라는 거대 기업에서 아웃사이더로 살아온 14년 동안 그가 얻어낸 것은 담대한 배짱과 생존 능력이었다.
그랬기에 그는 홍보부장의 눈을 똑바로 바라보며 천천히 입을 떼었다.
"수없이 망설이다 왔습니다. 부장님, 하나만 물어보겠습니다. 그래도 되겠습니까?"
"말해봐."
"부장님께서는 우리 회사에 막강한 줄이 있다는 소문이 있습니다. 정말 부장님께서는 그런 줄이 있어서 지방대 출신임에도 승진하신 건지 알고 싶습니다."
"크크크… 그런 소문이 파다하게 퍼져 있다는 건 나도 알고 있는 얘기다. 하지만 난 어떤 줄도 없는 사람이야."
"정말이세요?"
"믿고 안 믿고는 자네 마음에 달린 거 아니겠나."
"그런데 왜 해명을 하지 않으셨습니까?"
"살아가는 데 도움이 되는 일은 스스로 깨뜨리는 게 아니기 때문이지."
홍보부장의 말에 박강호의 머릿속에서 번개가 쳤다.
그가 하는 말의 의미가 무슨 뜻인지 알 것 같았기 때문이었다.
그랬기에 그는 다시 한 번 그의 말꼬리를 잡았다.
"그렇다면 부장님께서는 순전히 스스로의 힘으로 진급하셨단 말입니까?"

"사람이 세상을 살아가는 데 어찌 혼자만의 힘으로 어려움을 이겨 나갈 수 있겠나. 하지만 굳이 따진다면 자네 말을 부정하지 않겠네. 내가 승진한 것은 내 노력이 90프로를 넘었으니까 말이야."

홍보부장의 대답에 박강호는 입을 벌린 채 말을 잊었다.

이런 대답이 나올 것이라 충분히 예상하고 왔다.

거대한 줄이 있어도 그렇다고 말할 사람은 없었으니 홍보부장은 무조건 자신의 힘으로 진급했다고 우길 거란 생각을 했다.

하지만 사람의 눈은 거짓말을 못 한다고 배웠다.

지금 그를 바라보고 있는 홍보부장의 형형한 눈빛은 그가 거짓말을 하고 있지 않다는 것을 충분히 알려주고 있었다.

가슴이 마구 뛰었다.

그의 말이 사실이라면 삼류대 출신으로 천하물산이라는 괴물과 싸워 이긴 비법이 있다는 뜻이기 때문이었다.

만약 그런 비법이 있다면 자신 역시 불가능을 가능으로 바꿀 수 있을 것이다.

박강호의 음성이 떨려 나온 것은 그런 이유였다.

"부장님, 그 방법을 제가 배울 수 있겠습니까?"

"그걸 배우려고 온 것 아니었어?"

"가르쳐 주십시오. 가르쳐만 주시면 무슨 일이라도 하겠습니다."

"세상에 공짜는 없다. 그리고 여기는 보는 눈이 너무 많아.

퇴근 후 미락으로 와라. 대신 밥값은 네가 내야 한다."
"알겠습니다."

'미락'은 회사에서 10분 정도 떨어진 일식집이었는데 박강호도 몇 번 가본 곳이었다.
홍보실에서 돌아온 후 한동안 일손이 잡히지 않았다.
도대체 왜?
아무리 생각해도 의문이 풀리지 않았다.
홍보부장은 마치 박강호가 찾아오기를 기다리고 있었던 것처럼 느껴졌기 때문이었다.
천하물산의 최고 요직 중의 하나를 차지하고 있는 사람이 일개 차장에게 밥을 얻어먹으려고 빈말을 할리는 없다.
더군다나 그는 회사 내에서도 소문이 날 정도로 가장 바쁜 간부 중의 하나였다.
미락은 장사가 잘되는 곳이었지만 홍보실에서 돌아오자마자 예약을 했기 때문에 조용하게 대화를 나눌 수 있는 방을 차지할 수 있었다.
핸드폰을 빙글빙글 돌리며 홍보부장이 오기를 기다렸다.
기다리는 동안 수없는 상념이 떠올랐다 사라져 갔다.
동기들의 질시 어린 눈빛과 상사들의 간간히 나타나는 거부 반응을 보면서 번번이 남자로서의 자존심에 상처를 입었다.
하지만 학연으로 똘똘 뭉친 괴물들을 혼자 상대하기에는 자신의 힘이 너무 미약했고 반대로 그들의 힘이 강했다.

홍보부장이 문을 열고 들어선 것은 그가 윤선아에게 조금 늦을 거란 통화를 끝낸 직후였다.

벌떡 자리에서 일어나자 방으로 들어선 홍보부장이 가볍게 웃으며 상석을 차지하고 앉았다.

그는 회사에서 본 것과는 다르게 부드러운 표정을 짓고 있었다.

"천장 안 무너진다. 앉아라."

"예, 부장님."

"뭐 좀 시켰어?"

"아직 시키지 않았습니다. 뭐로 할까요?"

"여긴 특선이 좋아. 조금 비싸서 그렇지. 그리고 술은 소주로 하자."

"알겠습니다."

그의 말은 지시를 넘어 어명처럼 들렸다.

벨을 눌러 그가 말한 그대로 시키고 박강호는 물병을 들어 그의 물컵에 차를 따라주었다.

"부장님, 자리를 마련해 주셔서 고맙습니다."

"고맙긴. 밥 사준다는데 총알같이 달려와야지. 너 술 좀 하냐?"

"예, 소주 2병 정도는 마십니다."

"괜찮군. 이야기할 정도는 되겠어. 하하하······."

그는 뭐가 그리 좋은지 박강호가 따라놓은 찻잔을 들어 한 모금 마신 후 유쾌하게 웃어젖혔다.

정말 알다가도 모를 일이었다.

특선은 회만 나오는 것이 아니라 갖가지 요리가 함께 나오는 것이었다.

가격만 해도 일 인당 12만 원이나 할 정도로 비쌌다.

그럼에도 홍보부장이 말한 것처럼 음식은 맛깔나게 차려져서 구미가 당기게 만들었다.

홍보부장의 입에서 박강호가 궁금해했던 이야기가 나오기 시작한 것은 소주잔이 세 번 돈 후부터였다.

"박강호, 내가 너에 대해서 알고 있는 것이 궁금했지?"

"네, 솔직히 그랬습니다. 부장님께서 저를 알고 계시다는 게 신기했습니다."

"그것만 궁금했냐?"

"저를 대하시는 부장님의 행동도 이상했습니다. 그래서 오후 내내 일을 하지 못했습니다."

"뭐가 이상했지?"

"마치 제가 오기를 기다리셨던 것 같았습니다. 전혀 그럴 이유도 없었는데 말입니다."

"눈치가 빠르구나. 괜찮은 소질을 가졌다."

"가르쳐 주십시오. 궁금해서 미치겠습니다."

"본사만 해도 차장의 숫자가 삼백 명이 넘는다. 천하물산에서 가장 바쁘다는 내가, 그렇게 많은 놈들 중에서 너를 주목한 것은 단 하나의 이유 때문이었다."

"그게 뭡니까?"

"네가… 젊은 날의 나를 보는 것 같아서였다. 괴물들과 온몸으로 부딪치던 나를 말이다."

"처지가 비슷했기 때문에 관심을 가졌단 말씀이군요."

"그렇다."

"한 잔 받으십시오."

홍보부장의 대답에 박강호의 눈에서 물기가 슬쩍 묻어났.

단순한 그 한마디가 가슴을 울린 것은 아마도 그동안 쌓이고 쌓였던 외로움이 터져 나왔기 때문일 것이다.

잔을 주고 잔을 받은 후 단박에 들이마셨다.

그리고 또다시 정중하게 잔을 드린 후 천천히 입을 열었다.

"부장님, 저는 내년에 부장 승진을 꼭 하고 싶습니다. 능력이 없어서 누락된다면 모를까 출신 성분 때문에 도태되고 싶지는 않습니다. 부장님, 도와주십시오. 제가 어떡하면 승진을 할 수 있겠습니까?"

"정말 간절하게 원하는 거냐?"

"그렇습니다."

"그렇다면, 목숨을 걸어라!"

제35장
승진계획서

홍보부장의 말을 들은 박강호는 황당한 표정을 지었다.
승진이 무엇이라고 목숨마저 걸란 말인가.
이해가 되지 않았고 심지어 그가 농담을 하는 건지도 모른다는 생각조차 들었다.
하지만 그의 시선은 여전히 신중하고 뚜렷했다.
"부장님, 승진을 하는 데 목숨을 걸라는 말이 무슨 뜻인지 이해가 되지 않습니다."
"왜 이해가 되지 않지?"
"승진을 못 한다고 죽는 건 아니잖습니까?"
"너는 아직도 네 사정을 정확하게 인지하지 못하고 있는 모양이구나. 박 차장, 이 회사는 SKY를 비롯해서 골드클래스들에게는 3번의 승진 기회를 주지만 너는 내년에 탈락하는 순간 아마 본사를 떠나야 될 것이다. 너에게는 단 한 번의 기회만이 있다는 뜻이다. 그런데도 목숨을 걸어야 한다는 내 말이 이해되지 않냐?"

"왜 저에게만 그리 가혹하게 한단 말이죠?"

"너는 출신 성분이 미천하니까 그렇다. 그나마 너에게 한 번의 기회를 주는 것은 아직까지 천하물산에서 근무하고 있는 변두리 떨거지들에게 어쩔 수 없이 홍보를 하기 위함이다. 차별 대우를 하지 않으니 다른 생각 하지 말고 그저 열심히 기계처럼 일해달라는 뜻이지."

"그런 말도 안 되는……."

박강호가 술잔을 움켜쥐었다.

그 편협함이, 그리고 그들이 천하물산에 만들어낸 패악이 너무나 억울했고 화가 났기 때문이었다.

하지만 홍보부장 김대진은 박강호의 모습을 보면서도 여전히 냉정했다.

"너도 아는 김형섭 차장은 나와 입사 동기였다. 유일하게 나와 조건도 비슷했던 아웃사이더였지. 그러나 나는 진급을 했고 그는 결국 회사를 그만두었다."

"그분이 동기란 말입니까?"

"그래, 놈이 회사를 그만둘 때 유일하게 울어준 사람이 바로 나다. 가슴이 아팠다. 승진을 위해 두 사람이 같이 노력했으나 나는 살았고 그는 결국 죽었다."

홍보부장은 회사에서의 실패를 죽음으로 표현했다.

아마도 목숨을 걸라는 그의 말은 이런 저변에서 나온 말인 것 같았다.

그는 소주잔을 들어 단숨에 비웠다.

옛날 기억이 떠오르자 자신도 모르게 감정이 격해진 모양이었다.

"나는 그때 놈을 살리지 못했다. 나 혼자 살아남기에도 벅차서 그놈을 돌아볼 생각조차 할 수 없었다. 떠나는 그의 뒷모습을 보면서 살아남은 내가 너무 미안했다. 내가 너를 주시한 것은 아마 김형섭에 대한 죄책감 때문일 것이다."

고뇌에 잠긴 사내의 모습.

홍보부장은 마치 김형섭 차장이 회사를 그만둔 게 자신의 잘못인 양 괴로워하고 있었다.

그 모습을 보며 박강호가 그의 잔에 술을 채웠다.

"도와주십시오!"

"그럴 생각이다. 하지만 내가 처음에 말했던 목숨을 걸라는 말을 지켜야 한다. 그럴 수 있겠나?"

"그런 뜻이라면 하겠습니다."

"좋다, 그렇다면 지금부터 밥 얻어먹은 값을 해줄 테니 잘 들어라."

"귀를 씻고 듣겠습니다."

"네가 승진하기까지는 이제 1년 8개월이 남았다. 그 시간 동안 너는 승진계획서를 만들어야 한다."

"승진계획서요?"

"그래, 내 말은 그 기간 동안 네가 해야 할 일들을 준비하란 뜻이다. 미리 계획서를 만들어서 차근차근 시행할 수 있도록 해야 한다."

"계획서는 어떻게 만듭니까?"

"승진계획서에 들어가는 것은 단 두 가지뿐이다. 그중 하나는 실력을 키우는 것이고 나머지 하나는 인맥을 넓히는 것이다."

"자세히 말씀해 주십시오. 전 무슨 뜻인지 아직 잘 모르겠습니다."

박강호가 곤혹스러운 표정을 짓자 홍보부장의 얼굴에 웃음이 떠올랐다.

이제 처음 걸음마를 떼는 어린아이를 바라보는 것처럼 그의 시선에는 따뜻함이 담겨 있었다.

"우리나라 직장인들은 자기가 하는 일에 무척 자신감을 보인다. 특히 천하물산에 근무하는 놈들은 특별히 더 그렇지. 당장 너만 해도 네 일이 전문적이라고 생각할 거다. 그렇지 않나?"

"그렇게 생각합니다. 재무 쪽에서는 다른 부서 사람들보다는 아무래도 뛰어날 테니까요."

"네가 원래부터 재무통이었나?"

"그건… 아닙니다. 입사는 기획실로 했고 본부에서는 생산관리를 전담했습니다."

"그런데 그런 자신감은 어디서 나오는 거냐?"

그의 질문에 대답을 하지 못했다.

가만히 생각해 보니 그는 재무처에 올라온 지 이제 겨우 일 년이 넘었을 뿐이었다.

근거 없는 자신감.

자신은 그저 재무처에 근무한다는 사실 하나만으로 전문가 행세를 한 것이란 생각이 들었다.

홍보부장의 말이 이어진 것은 박강호의 얼굴이 슬며시 어두워졌을 때였다.

"네가 하고 있는 일 정도는 누구라도 한다. 부서에 배치받아 정형화된 일을 하는 건 시간이 지나면 무척이나 쉽다는 뜻이다. 내 말이 틀렸나?"

"…아닙니다. 맞는 말씀입니다."

"실력을 키워야 한다는 것은 진정한 전문가가 되어야 한다는 말이다. 네 분야에서 누구도 너를 업신여기지 않을 만큼 실력으로 무장해야 한다. 그러기 위해서는 재무 쪽에 관련된 최신 이론이 담긴 전공 서적을 꾸준히 공부해야 가능하지 않겠어?"

"그렇습니다."

"또 하나, 너는 너의 약점을 보완하기 위해 뭐든 따놔야 한다. 심사 때 놈들은 제일 먼저 인재를 뽑아야 된다는 논리로 무장하기 때문에 학벌에서 딸리는 너에게는 자격증이 최우선이다."

"어떤 자격증 말입니까?"

"뭐든 좋다. 너에게 주어진 2년 동안 세무사도 좋고 회계사도 좋아. 일단 뭐든 따놓으면 도움이 될 것이다."

 무슨 소린지 알겠는데 너무 황당해서 차마 대답조차 하지 못했다.

 물론 2년이란 시간은 길다면 한없이 긴 시간이다.

 그러나 홍보부장의 말을 따르기에는 더없이 커다란 고통의 시간을 보내야 한다.

 그의 말은 시간표를 작성해서 최신 정보가 담긴 전공 책들을 꾸준히 공부하는 계획을 수립하라는 것이었고 명문대 출신들과 어깨를 나란히 하기 위해 괜찮은 자격증을 확보하라는 것이었다.

 말이 좋지 그런 것들을 하기 위해서는 밤잠을 모두 반납해도 불가능할 거란 생각이 들었다.

 어이가 없는 일이다.

 그렇다고 틀린 말이 아니었으니 대놓고 반박을 하기도 어려웠다.

 그랬기에 박강호는 힘들게 물었다.

 만약 이것이 그가 만들어낸 이론에 불과하다면 자신은 어쩌면 쓸데없는 일에 정력을 낭비할지도 몰랐다.

 "부장님, 지금 말씀하시는 건 경험담입니까?"
 "왜, 걱정되냐?"
 "걱정된다기보다는 너무 엄청난 일이라서 선뜻 엄두가 나지 않습니다. 물론 도움이 될 거란 생각은 들지만 워낙 많은 시간이 드는 일들이라……."

"나는 승진을 코앞에 둔 2년 동안 홍보에 관련된 최신 이론을 공부하기 위해 100권의 전공 서적을 독파했다. 그냥 읽은 게 아니라 실무에 써먹을 수 있을 정도로 정리를 하면서 말이다."

"100권이요?"

"왜, 적어?"

"그게 아니라 너무 많아서 놀란 겁니다. 그럼 혹시 자격증도… 따셨습니까?"

"언론홍보 관리사 자격증과 소셜미디어 마케터 자격증을 땄다."

"으……."

박강호의 입에서 신음과 비슷한 소리가 흘러나왔다.

도대체 이 사람은 승진을 위해서 어디까지 했다는 말인가.

사람들은 홍보부장 김대진이 다음 천하물산의 홍보실장이라는 데 이견을 두지 않았다.

그가 삼류 대학 출신임에도 직원들은 이제 당연한 듯 그러한 사실을 받아들이고 있었다.

자신과 확연하게 다른 직원들의 반응을 보면서 박강호는 그가 막강한 배경을 갖고 있기 때문이라 자위하곤 했다.

그런데 막상 사실을 들여다보자 서서히 그의 근본적인 힘의 원천이 드러나고 있었다.

신음을 그치고 침묵에 잠겼다.

한 가지만으로도 이리 긴장이 되고 괴로움에 사로잡혔는데 그가 더 중요하다고 말하는 나머지 조건은 심지어 두렵기까지 했다.

하지만 홍보부장은 그의 두려움을 개의치 않겠다는 듯 천천히 다시 입을 열었다.

"첫 번째 계획이 완료되면 두 번째 계획을 세워라. 두 번째 계획은 인맥을 넓히는 것인데 네가 집중적으로 관리해야 될 타깃은 승진 심사에 들어가는 임원들이다. 그리고 또 있다. 앞으로 2년 동안 임원으로 임명될 거라 예상되는 인원도 포함해야 한다. 그들 역시 잠재적인 심사위원들이기 때문이다."

박강호는 그의 말에 또다시 한숨이 흘렀다.

임원들이 누군가.

각 부서장들에게 회사는 상무라는 직책을 주었는데 본사에서만 따져도 그들의 숫자는 40명이 넘었으며 지역본부장까지 따지면 거의 50명에 육박했다.

거기에 2년 동안 승진할 잠재적 임원들까지 따진다면 그 숫자는 얼마나 될지 암담할 뿐이었다.

첫 번째 조건보다 두 번째 조건이 더 힘들 것이라는 홍보부장의 말은 전적으로 동감하는 것이었다.

대한민국에서는 실력보다 인맥이 더 큰 역할을 하는데 박강호가 가지고 있는 것은 불알 두 쪽이 전부였다.

점점 심각해져 가는 박강호의 반응에 홍보부장의 얼굴에서 웃음이 흘렀다.

그는 이 상황을 이제 즐기는 것 같았다.

"왜, 두렵냐?"

"저는 임원들을 잘 알지 못합니다. 유일하게 알고 있는 분이 저희 처장님입니다."

"쯧쯧… 자랑이다."

"죄송합니다."

"그건 죄송하다고 넘어갈 일이 아니다. 그리고 또 죄송한 일도 아니고. 너뿐만 아니라 본사에서 근무하는 너의 경쟁자들도 너와 별반 다르지 않을 거다. 아무리 학연으로 무리지어졌다 해도 새카만 차장들이 임원들과 얼마나 인연을 맺었겠냐."

"그럴까요?"

"당연하다. 그래서 네가 작성해야 하는 계획서가 중요하다는 거야."

"아무 줄도 없는 제가 그분들을 어떻게 관리할 수 있겠습니까?"

"그 방법을 가르쳐 줄 테니 잘 들어라. 네가 제일 먼저 해야 되는 것은 심사위원 후보를 압축해서 인원을 파악하는 거다. 어떤 사람을 어떻게 관리할지는 그것이 선행되어야 가능해진다."

"임원분들 전부를 관리하는 거 아니었습니까?"

"전투에 이기기 위해서는 전략과 전술이 필요한 법이다. 우리 회사 부장 승진 심사위원 대상은 전부 합해 49명이야. 더군다나 앞으로 임원이 될 거라 예상되는 사람까지 합한다면 아마 그 숫자는 배로 늘어날 텐데 어떻게 그 사람들을 모두 관리할 수 있겠어?"

"그럼 어쩌면 좋을까요?"

"어느 영화에 보면 '나는 한 놈만 팬다'는 명언이 나온다. 그것은 어떤 일을 할 때 집중적으로 공략하는 것이 매우 효율적이라는 걸 단적으로 보여주는 말이지. 인맥 관리도 그렇다."

"만약 제가 선정한 분들이 심사위원으로 들어가지 않는다면 낭패 아닙니까?"

"그러니까 전략적으로 접근해야지. 최근 오 년간 심사위원으로 들어간 사람들의 성향을 분석해야 된다. 학연, 지연, 본사와 지역본부의 배분. 그리고 직종과 나이 등을 모두 감안해서 가장 가능성이 큰 사람들로 압축해야 돼."

"정말 어렵군요."

"어렵지. 하지만 그 어려운 일을 네가 해야 된다. 나는 소를 물가에 끌고 가는 주인일 뿐이다. 물은 네가 마셔야 하고 갈증을 푸는 것도 네가 되어야 한다."

"물가로만 끌고 가주십시오."

"인원은 20명으로 한정해라. 그런 조건들을 감안해서 뽑고 상위 20명을 타깃으로 만드는 것이 가장 효과적이니까."

"너무 적은 거 아닌가요?"

"인원이 많게 되면 집중력이 떨어지게 된다. 아무리 노력해도 인원이 많아지면 형식적인 관계만 형성될 수 있기 때문이다. 그 20명만 확실하게 네 편으로 만들 수만 있다면 너는 승진하는 데 지장이 없을 것이다."

"확실하게라면 어디까지를 말하는 거죠?"

"네 경쟁자 편에 선 임원들과 너를 위해 인상을 쓰면서까지 싸워줄 수 있게 만든다면 성공한 거 아니겠나!"

누군가가 나를 위해 싸워준다는 것.

과연 그렇게 되기까지 나는 그를 위해 얼마나 노력을 해야 되는 것일까.

더군다나 그 대상은 직장에서 나보다 훨씬 높은 직책에 있어 아쉬울 게 하나도 없는 사람들이었다.

홍보부장은 아무렇지 않게 말했으나 듣고 있던 박강호는 암담한 얼굴로 변해갔다.

공부라면 어떡하든 해볼 수 있겠지만 누군가를 내 편으로 만든다는 것은 어떻게 해야 할지 감조차 잡히지 않았다.

그랬기에 박강호는 멀거니 김대진의 얼굴을 쳐다봤다.

천하물산이란 거대 공룡 기업을 좌지우지하는 임원들.

그 숫자를 최소화해서 20명만 관리하라는 말을 들었지만 방법이 전혀 떠오르지 않으니 입술도 옴짝달싹하지 못했다.

그럼에도 몸은 달아올랐다.

"부장님, 어떡하면 그렇게 만들 수 있겠습니까?"

"내가 말했잖아. 나는 물가에까지만 끌고 갈 수 있다고. 물을 마시는 건 네 몫이다."

"물은 마시겠습니다. 대신 마시는 방법만 알려주십시오."

"지금 시간이 어떻게 됐지?"

"10시가 넘었습니다."

"너무 늦었네. 마누라가 기다리고 있을 텐데 시간 가는 줄 몰랐다. 난 이제 슬슬 일어나야겠어."

"부장님!"

"이 친구야, 지금 물은 게 얼마나 중요한 건지 알고나 그러는 거냐? 그건 이깟 회 가지고는 턱도 없이 비싼 정보란 말이다."

"나중에 좋은 곳으로 모시겠습니다."

"좋은 곳 어디?"

"소주 말고 양주 파는 곳으로 모실게요."

"정말이지?"

"예, 저는 거짓말 못 하는 놈입니다."

"좋아, 그렇다면 승진계획서를 마무리하는 방법을 가르쳐 주지."

"말씀하십시오."

"사람이 살아가면서 누군가와 관계를 맺는 방법은 딱 세 가지뿐이다. 뭔지 알겠어?"

"모르겠습니다."

"자넨 모르는 게 아냐. 생각을 안 했기 때문에 모른다고 말할 뿐이지. 아마 대부분의 사람들도 마찬가지일 거다. 이런 부분에 대해서 깊게 생각해 본 적이 없으니 당연한 거겠지. 안 그래?"

"그렇습니다. 생각지도 못한 질문이라 제가 당황한 것 같습니다."

"인연을 맺는 방법은 다시 말하지만 세 가지뿐이다. 첫째는 직접 만나는 것이고, 두 번째는 전화를 하는 방법이 있다. 그리고 마지막은 선물을 보내는 것이다."

"아……."

박강호의 입에서 탄식이 흘러나왔다.

가만히 생각해 보니 홍보부장의 말이 정확했기 때문이었다.

누군가에게 자신을 알리는 방법은 아무리 생각해도 이 세 가지밖에 떠오르지 않았다.

이렇게 쉬운 것을 왜 지금까지 생각하지 못했던 걸까.

이것 또한 홍보부장의 말이 맞다.

자신은 지금까지 인위적으로 누군가와 인연을 맺어야겠다는 생각을 해본 적이 없으니 이런 간단한 이치조차 깨닫지 못하고 있었던 것이다.

깨달음으로 탄식을 흘렸지만 얼굴색이 밝아진 건 아니었다.

인연을 맺는 방법 세 가지.

그것에 대한 정보를 얻었다 해도 어떻게 접근해야 되는지에 대한 세부적인 노하우가 없다면 그 말은 들으나 마나였다.

그랬기에 박강호는 차분하게 앉아서 홍보부장의 다음 말을 기다렸다.

홍보부장은 정말 집에 가려는지 주섬주섬 자리를 정리하고 있었는데 박강호가 빤히 자신을 쳐다보며 움직이지 않자 인상을 잔뜩 긁었다.

"왜 안 일어나?"

"승진계획서 세우라면서요."

"그런데?"
"어떻게 세워야 하는지 마저 가르쳐 주셔야 일어나죠."
"다 가르쳐 줬잖아."
"언제요?"
"인맥을 형성하는 세 가지. 못 들었어?"
"들었지만 어떻게 하라는 말인지 몰라서요."
"똑똑한 줄 알았는데 아닌 모양이네. 관리 인원 20명, 그 사람들을 대상으로 한 달에 몇 번 만날지를 생각해 봐. 그리고 전화와 선물도 마찬가지야. 승진계획서에 네가 남은 기간 동안의 목표를 선정하고 실행하면 되는 건데 어려워?"

그의 말대로 승진이란 단어 앞에만 서면 그렇게 잘 돌아가던 머리가 회전을 멈춘다.

막상 설명을 듣고 나자 눈앞을 가렸던 안개가 슬그머니 걷혀 갔다.

하지만 그것도 잠시. 더욱더 진하고 검은 안개가 그의 시선을 막아왔다.

"목표치를 설정하라는 건데 얼마가 효율적인 건지 전혀 감이 잡히지 않는군요."
"박 차장, 너 지금 내가 말한 것들이 얼마나 많은 고통과 눈물로 얻은 건 줄 알아?"
"……."
"난 이러한 노하우를 얻기 위해 꼬박 5년 동안 시행착오를 거쳐가며 고통 속에서 살았다. 일단 승진계획서를 세워서 가져와. 그럼 내가 숙제 검사를 해줄 테니."
 "언제까지 하면 되겠습니까?"
 "내가 약속이 없는 날은 다음 주 수요일뿐이다. 그때까지 작성해서 가져오도록."
 "알겠습니다."

 박강호는 토요일 오후 집으로 돌아오자마자 가방 잔뜩 짊어지고 온 서류들을 꺼냈다.
 그가 가지고 온 자료들은 인사처에 부탁해서 최근에 심사위원으로 선발되었던 임원들의 자력표와 각 부서의 임원 승진 차기 유력 후보자들에 대한 신상 정보들이었다.
 그뿐만이 아니었다.
 인터넷을 뒤져 재무에 관련된 최근 전공 서적을 찾았고 회계사 시험에 대한 일정과 시험 과목에 관한 것들도 들어 있어 가방은 터지기 일보 직전이었다.
 윤선아는 집으로 돌아온 박강호가 서류를 펼쳐 들자 의아한 얼굴로 슬그머니 다가왔다.
 "이게 다 뭐야?"
 "응, 작성할 게 있어서 가져왔어."
 "회사 일이야?"
 "아니, 회사 일은 아니고 개인적인 일."
 "웬 사람들 신상 정보를 이렇게 많이 가져왔어. 회사 사람들이야?"

"우리 회사 임원들."

"개인 정보는 유출되면 안 되는 거잖아."

"그렇긴 한데 어쩔 수 없었어. 같이 근무했던 사람한테 사정 사정해서 겨우 얻은 거야. 계획서 작성이 끝나면 다시 돌려줘야 해."

"무슨 계획서?"

윤선아는 박강호의 대답에 눈을 동그랗게 떴다.

회사 일도 아니라면서 계획서 운운하자 이해가 되지 않았기 때문이었다.

그런 윤선아를 향해 박강호는 홍보부장과 나누었던 이야기들을 천천히 해줬다.

그러자 그녀의 얼굴은 점점 일그러져 갔다.

"그렇게까지 해야 돼? 임원들을 관리하지 못하면 절대 승진할 수 없는 거야?"

"안 된다고 봐야지. 그리고 승진하지 못하면 나는 회사를 그만둘 수밖에 없어."

"왜?"

"회사에서 나를 그냥 두지 않을 테니까. 그냥은 자르지 못하겠지만 온갖 수모를 주겠지. 당신은 내가 그런 수모를 당하면서 회사를 다닐 수 있다고 생각해?"

"아니."

"그래서 하는 거야. 당당히 이겨서 천하물산이 가지고 있는 고정관념과 나쁜 관습을 깨뜨리고 싶어. 그리고 내 꿈을 위해서도 반드시 승진하고 싶어."

"알았어. 나는 언제나 당신 편이니까 하고 싶은 대로 해. 그런데 이건 또 뭐야. 회계사 시험에 관한 거네. 시험도 볼 거야?"

"나는 경쟁자들보다 학벌이 짧아서 자격증이 있어야 한다고 하더군. 그리고 가만히 생각해 보니까 진급을 못 했을 경우를 생각해서라도 꼭 따놔야 될 것 같아. 자격증만 있으면 회사를 그만둬도 먹고살 수 있잖아."

"너무 힘들겠어. 이러다가 당신 건강 해치겠다."

"난 괜찮아. 충분히 할 수 있어. 나는 오히려 당신하고 애들이 걱정이야. 오랫동안 같이 시간을 보낼 수 없게 될 것 같아서 걱정이 돼."

"참아야지 어쩌겠어. 가족을 위해서 노력하는 가장을 방해할 수는 없잖아. 그래도 가끔은 시간을 내줘. 나는 괜찮지만 애들은……."

"그럴게. 어떡하든 한 달에 한 번이라도 시간을 내서 아이들과 놀아주는 시간을 가져볼게."

"고마워."

"열심히 하면 오늘 승진계획표를 다 만들 수 있을 거야. 그러니까 내일은 우리 애들 데리고 롯데월드에 놀러 가자. 어때?"

"그래, 애들이 너무 좋아하겠다."

박강호의 두 아들은 10살과 8살이었다.

큰아이의 이름은 박지훈이었고 둘째는 박지성으로 둘 다 온

순한 성격을 가져 형제들끼리 한 번도 싸우지 않았다.

그런 아이들을 박강호는 사랑했다.

회사를 퇴근해서 집으로 돌아오면 언제나 시간을 같이 보내며 아버지로서 사람이 아름답게 살아가기 위해 필요한 것들을 가르쳤다.

물론 아이들에 대한 교육은 윤선아의 몫이었다.

박강호는 아이들을 사랑해서 많은 시간을 가지려 노력했으나 회사에 다니다 보니 대부분의 교육은 윤선아의 몫이었다.

아이들이 착하고 올바르게 커나가는 것을 보면서 박강호는 윤선아에게 많은 고마움을 느꼈다.

일요일이 되자 아이들은 새벽같이 일어나 박강호를 붙잡고 자신들의 계획을 말하느라 정신이 없었다.

어제 박강호가 롯데월드에 가자는 말을 꺼내자 아이들은 두 손을 번쩍 들고 만세를 불렀었다.

어떤 것을 타고 싶었는지, 그리고 어떤 것을 먹고 싶은지에 대해서 말하며 아이들은 행복한 웃음을 연신 흘러냈다.

박강호가 아이들이 준비하는 것을 돕고 있는 동안 윤선아는 김밥과 먹을 것을 마련하기 위해 정신없이 움직였다.

가서 사 먹자는 박강호의 말을 그녀는 단칼에 거절했는데 놀러 갈 때는 이렇게 음식을 준비해서 가야 더욱 즐겁다는 것이 이유였다.

10시가 조금 넘었을 때 모든 준비를 끝내고 집에서 나섰다.

하남에서 롯데월드까지는 불과 30분밖에 걸리지 않기 때문에 박강호는 윤선아가 준비한 음식들을 트렁크에 싣고 여유 있게 아파트를 나섰다.

아이들의 노랫소리.

아들들은 번갈아가면서 즐거움에 가득 찬 노래를 불렀다.

오랜만의 외출로 아이들은 흥분을 숨기지 못하고 있었다.

그것은 윤선아도 마찬가지였다.

두 아이의 엄마답지 않게 늘씬한 몸매를 유지하고 있는 그녀는 청바지에 면 티를 받쳐 입었는데 아직도 처녀처럼 보일 정도로 예뻤다.

그럼에도 그녀의 잔소리는 가는 동안 내내 계속되었다.

"당신 애들 타고 싶다는 거 다 끊어주면 안 돼. 알았지?"

"자유이용권 살 거야. 그거 사면 어떤 거라도 다 탈 수 있어."

"그건 비싸잖아."

"그렇게 비싸지 않아. 그리고 오랜만에 나왔는데 애들 하고 싶은 거 하도록 해줘야지. 당신은 너무 깍쟁이라서 큰일이다."

"돈 아껴야지. 아직 융자금이 많이 남아서 걱정인데 당신은 아무 생각 없는 것 같아. 그러니까 오늘 너무 많이 쓰지 마."

또순이.

매일같이 가계부를 쓰면서 월급을 쪼개고 쪼개는 윤선아는 절대 허투루 돈을 쓰는 법이 없었다.

아이들은 학원에 보내는 대신 직접 가르쳤고 옷이나 생필품도 반드시 필요한 경우를 제외하고는 쉽게 사지 않았다.

그렇게 해서 그녀는 벌써 융자금의 반을 갚은 상태였다.
롯데월드에서의 하루는 정말 즐거웠다.
아이들의 손을 잡고 이곳저곳을 다니면서 동화의 나라가 주는 환상을 마음껏 만끽했다.
윤선아가 눈치를 주었지만 박강호는 아이들이 사달라는 것은 하나도 거절하지 않고 사줬다.
막대사탕을 사이좋게 나누어 먹는 아이들의 표정은 더없이 해맑아 행복이란 단어가 저절로 떠오르도록 만들었다.
그래, 이런 행복을 깨뜨려서는 안 된다.
천하물산에 들어가고 싶어 했던 것도 나의 선택이었고 이런 행복을 유지하는 것도 나의 선택이다.
패배자가 되고 싶지 않았다.
윤선아에게는 한 달에 한 번씩 아이들과 시간을 갖겠다는 약속을 했지만 지킬 자신이 없었다.
전쟁에 나서는 군인의 마음.
자신은 이미 예전 대학 시절에 가졌던 투지로 몸과 마음이 칼날처럼 곤두선 상태였다.
가족들에게는 미안했지만 반드시 이루고 싶었다.
자신이 승진을 하지 못한다면 아이들의 순박한 웃음과 아내의 얼굴에 들어 있는 행복한 미소를 지키지 못하게 된다.
박강호는 그런 생각을 하며 앞에서 걸어가는 윤선아와 두 아이의 뒷모습을 바라봤다.
부끄럽지 않은 삶을 살고 싶다.

지켜야 하는 소중한 사람들이 불행해지지 않도록 최선을 다해 싸워야 한다.

제36장
선물의 의미

인사동의 카페.

누구보다 바쁜 김 부장은 박강호를 위해 스케줄을 조정했기에 당초 약속대로 수요일에 만날 수 있었다.

저녁을 먹고 술집으로 옮겼다.

소주 대신 양주를 사겠다고 한 약속을 지키기 위해 박강호는 김 부장을 모시고 천하물산 직원들의 눈을 피할 수 있는 인사동까지 걸어왔다.

1차로 돼지갈비에 소주를 각자 한 병씩 마셨고 이곳에 와서도 양주를 한 병 시켜 나눠 먹었기 때문에 두 사람의 얼굴은 붉어져 있었다.

술은 사람의 마음을 풀어지게 만드는 마약 성분이 담겨 있는 것이다.

그랬기에 박강호는 그렇게 어려워했던 홍보부장을 상대로 주절거리며 자신의 궁금증을 주저 없이 이야기했다.

"부장님 말씀대로 승진계획서는 꼼꼼하게 작성했습니다. 그런데 이거 해보니까 보통 배짱으로는 어렵겠던데요."

"뭐가 어려울 것 같냐?"

박강호를 바라보며 김 부장이 재미있다는 표정을 지었다. 그의 얼굴에 들어 있는 것은 장난기였다.

김 부장은 처음 만났을 때와는 다르게 박강호를 상당히 친근하게 대해주고 있었는데 자신의 말대로 승진계획표를 짜 와 앞에 내미는 모습을 보면서 꽤나 대견하게 여기는 것 같았다.

"부장님 시킨 대로 다 했는데 막상 실행하려고 하니까 쉽지가 않습니다. 물론 저 혼자 공부해야 하는 전공 서적은 이미 사서 읽고 있는 중입니다만 인맥을 구축하는 부분은 엄두가 나지 않는군요."

"천하의 박강호에게도 어려운 게 있어?"

"그 사람들 대부분이 저와 일면식조차 없는 분들입니다. 계획표는 세웠지만 그런 사람들을 불쑥 찾아간다는 게 쉽지 않을 것 같습니다."

"그럼 쉬울 거라고 생각했어?"

"무슨 다른 방법이라도 있는 건가요?"

"당연히 있지. 하지만 오늘은 안 된다. 오늘은 너의 승진계획표를 검토해 준다고 했을 뿐이니까 다른 건 묻지 마."

"제 계획표는 괜찮았습니까?"
"아니, 그것도 마음에 들지 않아."
"어떤 게 마음에 안 드는지 가르쳐 주셔야죠."
"전반적으로 다 마음에 안 들어."
"아… 답답하군요."
"답답해도 할 수 없다. 그런 건 누구에게도 배우지 못하는 건데 자꾸 공짜로 비싼 강의를 들으려고 하니 난 그만 일어나야겠다."
"술 사고 있잖습니까."
"이번에 사는 건 승진계획표를 검토해 준 대가가 아니었어?"
홍보부장이 한숨을 내리 쉬는 박강호를 보면서 빙글빙글 웃었다.
그는 이 상황이 무척 재미있는 모양이었다.
결국 박강호는 고개를 조아리며 마음에도 없는 말을 뱉어냈다.
"좋습니다. 가르쳐 주시면 다음에 룸싸롱 한번 쏘겠습니다."
"정말이냐?"
"그럼요. 저는 한번 한 약속은 반드시 지키는 놈입니다."
"흠……. 그렇다면 다시 생각해 보지."
"부장님, 그만 빼시고 이제 좀 가르쳐 주십시오."
"야, 그런 표정 짓지 마. 징그러워."
박강호가 살려달라는 표정으로 손을 부여잡자 홍보부장이 기겁을 하며 소리를 빽 질렀다.

단 두 번 만난 사이.

그럼에도 스승과 제자가 되어 술을 마시며 많은 이야기를 나누자 언제부턴가 농담이 새어 나왔다.

홍보부장이 손을 빼며 입을 열자 드디어 중요한 이야기가 나온다는 것을 눈치챈 박강호의 얼굴도 슬며시 진지하게 굳어졌다. 지난번에 중요한 이야기를 꺼낼 때 그랬던 것처럼, 이번에도 홍보부장은 자세를 바로 했다.

"네가 어렵게 생각하는 것도 어쩌면 당연한 것일지 모른다. 생각해 봐라, 한 번도 만나보지 못한 사람이 불쑥 찾아오면 누가 반갑게 맞아주겠어. 그리고 네가 얼굴 가죽이 아무리 두꺼워도 그런 짓은 하면 안 돼. 그런 짓은 바보나 하는 짓이다."

"왜 그렇습니까?"

"일단, 그들은 천하물산의 정점에 서 있는 사람들이다. 사전 약속이 습관화된 사람들이지. 아마 네가 불쑥 찾아갔다면 그 사람들 중 한두 명 정도만 간신히 만날 수 있을 거다."

"저도 그 부분 때문에 고민을 많이 했습니다."

"그리고 만난다 해도 너는 목적을 이룰 수가 없어. 괜히 시간만 낭비하는 거야."

"부장님께서 만나야 된다고 했잖습니까!"

"너, 정말 바보냐?"

"제가 입사할 때 차석으로 들어왔습니다. 그런데 승진에 관한 이야기만 나오면 머리가 잘 돌아가지 않습니다. 아마, 긴장하기 때문인 것 같습니다."

"하긴 사람은 긴장하면 그렇게 되기도 하지. 하지만 그건 긴장 때문이 아니라 사람의 심리를 분석하는 능력이 부족하기 때문이다. 네 머리와는 아무런 상관이 없어."

"심리 분석이요?"

"그래, 심리 분석. 생각해 봐. 네가 만약 그 사람들 위치에 있다면 불쑥 찾아오는 새까만 차장을 어떻게 대할 것 같으냐?"

"음……."

"일단 찾아왔으니 아주 모른 체하지는 않겠지. 하지만 그게 다일 거다."

"설마, 차도 안 주겠습니까?"

"왜 줘야 된다고 생각하나?"

"사람이 찾아왔는데 그 정도는 기본이죠. 아무리 높은 사람이라도 찾아온 사람을 냉대하는 건 그분들 입장에서도 못할 짓 아니겠습니까."

"웃기는군. 야, 박강호, 정신 차려. 너는 불청객이고 그 사람들 입장에서는 상대할 가치도 없는 놈이야. 시간도 없는 사람들이 미쳤다고 커피를 대접하겠어!"

"…그런가요? 그럼 어떻게 해야……."

막상 자신이라면 어떻게 할까라는 생각을 하자 홍보부장의 말이 일리가 있게 느껴졌다.

수많은 약속으로 바쁜 그들이 불쑥 찾아온 차장을 귀빈 대하듯 커피를 내올 거란 생각은 도대체 무슨 근거로 하게 된 것일까.

선물의 의미

만약 그가 그 자리에 있게 된다 해도 막상 그 상황이 된다면 그럴 거란 확신이 들지 않았다.
박강호가 말끝을 흐리자 홍보부장의 눈빛이 강하게 변했다.
"잘 들어라. 지금부터 어떻게 해야 그 사람들이 웃는 얼굴로 너를 맞아들일지 알려줄 테니까."
"귀 씻었습니다. 말씀하십시오."
"그 사람들 중에는 네 이름을 아는 경우도 있고 모르는 경우도 있을 거야. 그렇지?"
"그렇습니다. 반 정도는 알고 반 정도는 이름도 모를 겁니다. 그리고 아는 분들도 대부분 그냥 제 이름 정도만 들어봤을 거예요. 그것도 축구 때문이죠. 그러고 보니 저도 참 웃긴 놈이네요. 어떻게 직장 생활을 14년이나 했는데 그 정도밖에 안 될까요?"
"이제야 주제 파악이 좀 되냐?"
"휴……."
홍보부장의 말에 박강호는 깊은 한숨을 내쉬었다.
생각해 보니 부장 진급을 하겠다고 잔뜩 벼르고만 있었지, 직속상관인 재무처장을 빼면 제대로 아는 임원진이 없었다. 한편으로는 부끄럽고 한편으로는 자신이 한심해서 연속으로 한숨이 흘러나왔다.
홍보부장이 그런 박강호의 어깨를 갑자기 철썩 내려친 것은 술잔을 비우고 안주를 집을 때였다.
"기죽은 거야?"

"아닙니다. 그런데 부끄럽긴 합니다."

"쪽팔릴 거 없어. 당연한 거니까. 새카만 졸병이 어떻게 하늘같이 높은 임원들과 터놓고 지내겠냐. 그래도 너는 대단한 거야. 임원들이 네 이름을 반이나 알고 있다면 어떤 이유로든 너는 성공한 거다."

"그게 대단하다고요?"

"내일 가서 네 또래의 차장들한테 물어봐라. 아마 그놈들 입에서 나온 한숨에 바닥이 무너질 테니. 아무리 좋은 조건을 가진 놈도 지들 선배나 겨우 알 뿐일 거야. 차장들 정도의 짬밥으로는 그것이 한계일 테니까."

"위로해 주시려고 그러는 거 아니죠?"

"너는 운이 좋은 놈이다. 너희 담당 부장 김문호가 나랑 동기야. 그놈이 네 이야기를 하면서 거품을 물더라. 업무 능력도 탁월하고 성격마저 좋다면서 만나는 사람마다 자랑을 하는데 내가 얼굴이 붉어질 지경이었다."

"그랬군요."

"그렇게 든든한 지원군이 있다는 건 행운이야. 물론 네가 그만큼 잘했으니까 얻은 거겠지만. 결정적 순간이 되면 김문호는 너에게 커다란 보탬이 될 거다."

"고마운 분입니다."

"잘해, 끝까지. 회사라는 전쟁터는 영원한 우군이 없는 법이니까. 한번 삐끗하면 우군이라 생각한 사람도 너를 잡아먹는 적으로 변하는 곳이 바로 회사라는 곳이다. 그리고 김문호도 반만 믿어야 한다. 그 역시 천하물산을 손아귀에 쥐고 있는 K대 출신 아니냐. 마지막 순간이 되었을 때 그 친구도 상상하지 못할 정도의 압박을 받을 거야. 그 친구 성격상 그럴 리는 별로 없겠지만 누구도 절대적으로 믿으면 안 된다는 뜻이다."

"명심하겠습니다."

"그럼 이제부터 임원들이 너를 찾아갔을 때 반갑게 맞아들일 수밖에 없는 방법을 가르쳐 주마. 인지상정이라는 말이 있다. 그 말의 뜻을 알아?"

"사람이면 누구나 가지는 보통의 마음이라는 뜻입니다."

"그래, 바로 알고 있군. 바로 그게 이 문제를 푸는 열쇠다."

"잘 모르겠습니다. 쉽게 말씀해 주십시오."

"사람에게는 정이란 게 있어. 특히 우리나라 사람들은 정에 약하지. 그걸 공략해야만 그 사람들에게 환대를 받을 수 있다. 오래 이야기하니까 목이 마르네. 술도 다 떨어져 가고 집에나 갈까 보다."

홍보부장이 빈 술병을 들어서 흔들어 보이며 엉덩이를 들썩이자, 박강호는 부랴부랴 양주 한 병과 안주를 다시 시킨 후 빈 잔에 술을 공손하게 채웠다.

박강호도 제법 술을 하는 편이었는데 홍보부장은 그보다 훨씬 주량이 위였다.

말이 이어진 건 자신의 잔에 채워진 양주를 비우고 난 후였다.

"내가 인맥 관리 방법으로 세 가지를 말해줬어. 그렇지?"

"예, 그렇습니다."
"말해봐."
"직접 만나는 방법, 전화로 안부를 전하는 방법, 선물을 하는 방법입니다."
"잘 알고 있군. 그럼 어떤 것을 먼저 해야 하지?"
"그건……."
"네가 꼬인 건 바로 그 부분 때문이야. 걷지도 못하는 놈이 뛰려고 했으니 제대로 될 리가 있나."
"음, 그렇군요. 이제 조금 알 것도 같습니다."
"알겠어? 그럼 집에 갈까?"
"가긴 어딜 갑니까. 금방 술을 시켰는데요."
"갑자기 마누라 바가지가 생각나서 말이야. 그래도 술을 남기면 안 되겠지?"
"당연하죠."
"좋아, 지금이 11시니까 30분만 더 있다 가자. 시간이 얼마 없으니 빨리 말해주지. 대충 눈치챘겠지만 순서는 전화부터야. 선물이 두 번째고 찾아가는 게 세 번째다. 이유까지 말해줘야 되나?"
"이왕 하신 거, 마저 하시죠. 하다 말면 제가 또 엉뚱한 짓 할지 모르잖습니까."
"전화를 하고 난 다음에 선물을 보내면 네가 다시 한 번 전화를 했을 때 정확하게 네 이름을 기억할 거야. 그렇지?"
"그렇겠죠."

"전화를 받은 사람은 네 방문을 허락할 거고?"
"그럴까요?"
"하하······."
질문을 해나가던 홍보부장이 고민스러운 얼굴로 반문하는 박강호를 보며 무척이나 재미있다는 듯 크게 웃음을 터뜨렸다. 하지만 박강호는 전혀 이해하지 못하겠다는 표정으로 두 눈만 껌뻑였다.
"왜 웃으시는 겁니까?"
"가만히 보면 순진한 구석이 있단 말이야. 그래서 웃었다. 그 존경심에 찬 눈빛도 재미있고."
"부장님 때문에 정신이 들락날락합니다."
"어떤 미친놈이 선물 한 번, 전화 한 번에 간을 내주겠냐. 너 같으면 그러겠어?"
"그럼 어떻게 합니까?"
"그래서 인맥 관리는 정성이라는 거야. 선물과 전화하는 타이밍, 연속성과 정성이 결합되지 않으면 그 사람들은 끝내 난공불락이 되어 너를 괴롭힐 거다."
"연속성과 정성이라. 여전히 오리무중이군요."
"선물에는 타이밍이 있고 전화하는 데도 방법이 있어. 그게 얼마나 중요한지 지금부터 이야기해 주마. 내 얘기를 들으면 승진계획서를 왜 고치라는 건지 충분히 이해할 수 있을 거다."
"선물에 타이밍이 있다는 말은 처음 들어봅니다."
"선물에는 두 가지 종류가 있다. 하나는 오래된 관계에서 주고받는 정이 담긴 선물이고 또 하나는 어떤 목적을 이루기 위해 전하는 것이다. 뒤에 것은 다른 말로 뇌물이라고도 하지. 너는 어떤 선물을 해야 된다고 생각 하나?"

"어려운 질문이군요."

그렇다, 어려운 질문 맞다.

정말 친한 사이라면 '정'에 의한 선물이 맞겠지만 승진을 목적으로 보내는 선물이라면 뇌물이 된다.

그렇다고 선뜻 뇌물이라는 대답을 하기가 어려웠다.

아무리 승진을 하고 싶다 하더라도 뇌물이 주는 단어의 의미가 너무 섬뜩했기 때문이었다.

그러나 속으로 결론 내린 대답은 결국 뇌물일 수밖에 없었다.

자신은 목적이 있었고 그들과 친한 사이가 아니니 보내는 선물은 뇌물의 의미가 컸다.

그랬기에 박강호의 시선이 흔들렸다.

승진이란 목적을 가지고 뛰어들었지만 막상 이런 난관에 부딪히자 가치관이 혼란스러워졌다.

홍보부장의 얼굴에서 또다시 의미심장한 웃음이 피어난 것은 박강호가 대답을 못 하고 멈칫거릴 때였다.

"무얼 생각하는지 안다. 하지만 정답은 네가 생각하는 것이 아니다."

"그럼… 뭐죠?"

"그들은 먹이사슬의 최상위 계층에 있는 사람들이다. 너는 상상도 못 할 정도의 귀한 선물들을 많이 받아본 사람들이란 뜻이다. 한번 상상해 봐. 그런 사람들을 감탄시키고 부담을 안길 수 있는 뇌물의 싸이즈를 말이야. 뇌물을 안긴다면 얼마짜리를 안겨야 될 것 같으냐?"

"웬만한 걸로는 통하지 않을 것 같군요."

"너 집에 돈 좀 있어?"

"지금 살고 있는 집도 융자받아 산 겁니다. 겨우 먹고사는 정돕니다."

"아마, 네가 뇌물을 생각했다면 기둥뿌리를 다 뽑아야 할 거다. 아니, 그 정도 가지고도 모자라겠구나."

"부장님, 저는 아무리 생각해도 알 수가 없습니다. 생면부지의 사람들에게 주는 선물입니다. 더구나 목적이 있으니 당연히 뇌물에 가까울 수밖에 없고요. 그렇다고 싸구려 선물을 보낼 수 없으니 웬만한 지출은 각오해야 되는 것 아닌가요?"

"내가 너한테 20명은 관리해야 된다고 했다. 그들에게 부담을 줄 정도의 선물은 아무리 적게 잡아도 30만 원은 줘야 할 거다. 한 번만 해도 600만 원이다. 물론 한 번만 해서 '아이고 내 새끼' 하며 널 밀어준다면 할 만하겠지. 하지만 그들이 그럴까?"

"아닐 것 같군요."

"뇌물이란 개념이 들어가려면 거기에다 곱하기 열은 해야 될 거다. 어때, 할 만하겠어?"

"집을 팔아야 가능하겠습니다."

"우리 박 차장, 이제 노숙자 신세 되겠구나."

"이제 정답을 말씀해 주십시오. 답답합니다."

"당연히 뇌물은 정답이 아니다. 뇌물에는 커다란 위험이 도사리고 있기 때문이다. 방금 말한 것처럼 뇌물은 엄청난 돈이 들어가서 개인이 하기에는 한계가 있지. 그래도 목적을 달성할 수 있다면 해야 되겠지만 뇌물로는 승진이란 목적을 절대 달성할 수 없다. 뇌물은 뇌물이니까. 만약 그들 중 한사람이라도 네가 먹인 뇌물을 거부한다면 너는 어쩌면 회사를 그만둬야 하는 치명타를 입게 될 거다. 그리고 그 가능성은 엄청 농후하지. 왠 줄 알아?"

"왜 그렇습니까?"

"네가 비주류기 때문이다. 너는 어떻게든 떨어뜨려야 하는 비주류고 그들 후배의 경쟁 상대니까 네가 주는 뇌물은 아주 좋은 먹잇감이 될 수 있어."

"으……."

홍보부장의 말에 박강호는 소름이 돋는 것을 느낄 수 있었다.

승진계획서를 작성하면서 선물을 주는 횟수까지 산정해 놓았었다.

구체적으로 얼마짜리를 어떻게 할 건지에 대해서는 생각하지 않았지만 홍보부장의 말을 듣지 않았다면 자신은 분명 한 번을 하더라도 뇌물에 가까운 선물을 했을 게 분명했기 때문이었다.

"선물은 선물로 그쳐야 한다. 작은 성의의 표시, 그들이 너를 기억하게 만드는 것으로 만족하면 그만이야."

"어떻게 그럴 수 있습니까. 웬만한 선물은 신경조차 쓰지 않을 텐데요. 그리고 부장님께서 말씀하신 대로 그들이 저를 노리고 있다면 섣불리 선물을 했다가는 작은 선물도 뇌물로 몰리지 않겠습니까?"

"네가 주는 선물에 정이 담겼다고 생각하게 만들면 된다."

"…그게 가능한 일입니까?"

"무턱대고 선물부터 하면 그들이 뇌물로 몰 수도 있겠지. 하지만 금액이 적거나 너와의 친분 관계가 형성되어 있다면 절대 그렇게 하지 않을 거다."

"저는 그분들을 잘 모른다고 말씀드렸잖아요."

"그래서 하는 말이다. 지금까지 내가 계속해서 강조한 이유는 선물의 순서를 알려주기 위함이었다. 선물은 인맥 구축의 세 가지 조건 중 가장 마지막에 이루어지는 것이다."

"그렇다면……."

"상대방을 무너뜨리는 제일 중요하고도 쉬운 방법은 찾아가서 만나는 것도, 선물도 아니다. 그건… 바로 전화다."

"전화요!"

"그렇다, 전화가 가장 중요하다. 내가 확언하건대 전화만큼 인맥을 구축하는 데 중요한 것은 없다."

홍보부장은 확신에 찬 표정을 짓고 있었다.

아마 그가 저런 표정을 짓고 있는 것은 경험을 통해 충분히 증명되었기 때문일 것이다.
 그런데도 박강호는 쉽게 고개를 끄덕이지 못했다.
 얼굴조차 제대로 본 적이 없는 사람들에게 불쑥 전화를 한다는 것은 웬만한 낯짝으로는 할 수 없는 짓이었다.
 더군다나 목적이 있지 않은가.
 상대방은 자신의 목적이 승진에 있다는 것을 아는 순간 그냥 전화를 끊든가 모멸감을 주게 될지도 몰랐다.
 그랬기에 박강호는 말을 못 하고 입만 떡 벌리고 말았다.
 저렇게 확신에 찬 표정을 짓고 있는 홍보부장에게 차마 믿지 못하겠다는 말을 꺼낸다는 건 절대 해서는 안 될 짓이었다.
 "쯧쯧……. 벌써부터 죽상을 짓고 있으니 나머지 것도 이야기하면 쓰러지겠구나."
 "더한 것도 있습니까?"
 "당연한 거 아닌가. 우리나라 제일이라는 천하물산의 부장 자리가 그리 쉽게 차지할 수 있는 자리면 아무나 다 하겠다!"
 "하신 김에 끝까지 하시죠. 어차피 죽기 아니면 까무러치기 아니겠습니까."
 "너는 지금부터 일 년 동안 전화에 매달려 살아라. 그리고 나머지 두 가지는 내년에 집중적으로 한다."
 "일 년 동안 전화만 하라고요?"
 "그래, 그 기간 동안 공부를 해서 자격증을 취득해 놔. 전공 서적도 꾸준히 보고."
 "정말 전화만 합니까?"

"내 말 믿어. 그 기간 동안은 네가 잘 아는 사람 빼고는 경조사에 갈 필요도 없어. 가봤자 효과도 없고 괜히 돈만 나간다."

"도대체 전화로 무슨 말을 하란 말이죠? 일면식도 없는 분들입니다. 전화를 받을지도 모르고요."

"왜 안 받아? 받으니까 걱정하지 마."

"제 번호는 그분들 핸드폰에 저장되어 있지 않을 겁니다. 그런데도 받겠습니까?"

"전화기는 받으라고 있는 거다. 그런 걱정을 대부분의 초짜들이 하지만 쓸데없는 기우에 지나지 않다. 일단 걸어. 그러면 받을 테니까. 대신 무조건 사무실 번호가 우선이다."

"핸드폰 말고요?"

"임원의 핸드폰도 공적인 경우에 쓰니까 걸어도 상관없지만 가급적 사무실에 있는 전화기로 거는 게 좋다. 회의를 하거나 손님을 만나는 경우가 있을 수 있기 때문이야. 그런 경우의 핸드폰 통화는 미수에 그칠 수밖에 없어."

"무슨 뜻인지 알겠습니다. 그런데 부장님. 전화를 걸어서 무슨 말을 합니까. 저는 그분들이 왜 전화했냐고 물으면 벙어리가 될 것 같습니다."

"당연한 생각이다. 너는 아주 정상적인 사고방식을 가지고 있구나."

"예?"

"뜬금없이 모르는 놈에게 전화가 오면 모든 사람들이 황당해 할 거다. 당연히 할 말도 없을 테니까 네가 하는 말을 듣고만 있겠지. 원래 전화라는 건 건 놈이 용건을 말해야 되는 거잖아."

"제 말이 그 말입니다."

"처음에는 그저 인사만 하고 끊어. 어디에 근무하는 누구라고 정확하게 신분을 밝히고 그동안 전화 한 통 못 해서 안부 전화 드리는 거라고만 하란 말이다."

"그러면 미친놈이라고 생각하지 않을까요?"

"그럴 거다."

"그런데도 그렇게 하란 말입니까?"

"하하하, 당연히 해야지. 네가 계획표에 정해놓은 전화 횟수는 몇 번이었냐?"

"한 분당 다섯 번이었습니다."

"그걸 바꿔. 한 달에 두 번씩 일 년에 한 사람당 28회가 목표다."

"으헉!"

"왜 놀라?"

"20명에게 각각 28회를 통화하란 말입니까?"

박강호의 얼굴이 사색으로 변했다.

한 번도 하기 어려운데 스물여덟 번을 통화하란 말을 듣자 암담함을 넘어 절망이란 단어가 떠올랐기 때문이었다.

하지만 홍보부장의 확신에 찬 표정은 전혀 변하지 않았다.

"일단 무조건 해봐. 그러면 내가 왜 이런 말을 하는지 알게 될 테니까. 대신 처음 3번만 안부 전화고 나머지부터는 대화의 내용을 생각해야 된다."

"대화의 내용이요?"

"언제까지 안부만 묻고 끊을 거냐. 세 번 정도 전화했으면 그 다음부터는 진도를 나가야지. 여자를 꼬실 때도 마찬가지잖아. 어디가 예쁘다, 어디서 지나가는 것 봤다는 둥 별별 시답잖은 소리를 해대야 관계가 진척되어 키스도 하고 잠도 자는 거 아니냐. 그 사람들도 마찬가지야. 그들 부서에서 한 일을 비롯해서 개인사를 조사해 화젯거리를 만드는 거지. 그리고 잘한 건 아부도 하고 네가 어려운 일에 대해서 상의도 하란 말이다."

"응해줄까요?"

"당연히 응하게 되어 있다. 내가 확신하건대 그렇게 통화하는 숫자가 늘어나게 되면 그들은 언젠가는 스스로 자기들의 가정사까지 너에게 이야기하게 될 거다."

"그런 다음에 만나거나, 선물을 하란 말이군요."

"이제 머리가 돌아가네. 바로 그거다."

"개안을 한 것 같습니다. 하지만 아직도 저는 자신이 생기지 않네요. 임원들과의 통화는 생각만 해도 끔찍합니다."

"나는 박 차장, 너에게 두 번의 강의를 했다. 이제 나의 강의는 세 번이 남았다."

"그게 무슨 말씀입니까?"

"속으로 나는 그런 생각을 하며 네가 찾아왔을 때 해줄 말들을 정리했었다. 이제 초안이 잡히고 나면 본격적으로 실행하는 것들에 대해서 이야기해 주마."

"부장님, 이걸 강의라고 생각하시면 어떻게 합니까. 그저 후배와 식사하는 자리라고 생각해 주십시오."

"내가 너에게 호의를 베푸는 것에는 한계가 있다. 넌 잘 모르겠지만 너와 자주 만날수록 나는 많은 구설수에 오르게 될 것이다."

이 또한 무슨 뜻인지 알 것 같았다.

아웃사이더와의 만남.

이미 홍보부장은 아웃사이더라는 오명을 벗고 창공으로 날아간 사람이었다.

그런 사람이 미운오리새끼와 함께한다는 것은 또다시 시궁창에 빠질 가능성이 있는 것이었다.

아무런 생각 없이 승진에만 목을 매달며 홍보부장의 처지를 생각하지 못한 자신이 어리석게 느껴졌다.

그랬기에 박강호는 얼굴을 붉힌 채 더 이상 아무런 말도 하지 못했다.

"박 차장, 미안해할 필요는 없다. 이것은 내가 원해서 한 것이니까. 네가 나의 호의에 보답하는 것은 멋들어지게 진급을 해주는 것뿐이다. 그러니 열심히 해라."

박강호는 홍보부장의 말대로 대폭 승진계획서를 뜯어고쳤다.

물론 가장 많이 손을 본 것은 인맥 관리 부분이었다.

만나는 것과 선물을 뒤쪽으로 돌려 버리고 하루에 전화를 해야 할 사람의 목록을 정리해서 숫자를 맞췄다.

20명에게 28회의 전화를 하는 것으로 계산하면 560회가 나온다.

무척이나 많은 숫자로 여겨졌지만 일 년이란 시간으로 나누자 하루 2통화에 불과했다.

계약 시즌에 박강호가 업체와 통화한 숫자는 하루에 무려 100통화에 이른 적도 있었다.

그런 걸 생각해 보면 2통화는 정말 아무것도 아니었다.

아침에 출근해서 이를 지그시 악물며 전화기를 들었다. 상대방에 대한 걱정도 자신에 대한 걱정도 모두 버렸다.

그저 홍보부장이 시킨 대로 기계처럼 기획실장을 필두로 임원들에게 전화를 했다.

자신에 대한 간단한 소개와 인사 정도였다.

그런 짓을 계획서에 맞춰 한 달 정도 하자 3번의 단순한 안부 전화를 끝낼 수 있었다.

사람들의 반응은 천양지차였다.

성격에 따라서 반갑게 맞아주는 사람이 있는 반면 잡상인 취급하면서 끊어버리는 사람도 있었다.

그럼에도 계획대로 뚝심 있게 밀어붙였다.

임원들은 대부분 각 부서의 수장들이었기 때문에 조금만 신경을 기울이면 그들이 무슨 일을 했는지 알 수 있었고 심지어는 개인적인 신상 부분까지 파악이 되었다.

홍보부장을 믿었다.

분명 그는 자신이 직접 시행해 보고 나서 최선의 선택을 가르쳐 준 것이라 철썩같이 믿었다.

그랬기에 하루도 쉬지 않고 확보된 정보와 미리 정해놓은 주제를 가지고 전화를 했다.

그 와중에 공부도 게을리하지 않았다. 최신 재무관련 전공서적을 독파하는 것은 회계사 시험과 직접적인 연관이 있었기에 별다른 계획을 세울 필요가 없었다.

업무도 열심히 했지만 틈틈이 시간 날 때마다 공부를 했고 퇴근 후에는 구내식당에서 밥을 먹은 후 곧장 독서실로 향했다.

홍보부장은 약속대로 세 번의 강의를 더 해주었다.

약속한 것처럼 룸살롱을 가려고 했으나 홍보부장은 강의 장소를 예전처럼 인사동의 카페로 정했고 술값도 자신이 지불했다.

아마도 룸살롱 운운한 것은 이야기를 부드럽게 풀어나가기 위한 그만의 노하우였던 모양이었다.

가장 효율적인 선물 방법과 첫인상을 좋게 해주는 방법, 승진에 가장 필요한 키맨을 잡는 행동, 힘든 와중에도 가정을 지키는 기술과 동료들에게 신뢰를 받는 법 등이 그의 강의에 포함되어 있었다.

동호회를 통해서 자연스럽게 가까워지는 법과 결정적인 순간에 능력을 보여 회사 측에 강한 인상을 심어주어야 한다는 것도 그는 중요한 대목으로 꼽았다.

그리고 그가 마지막으로 주저하면서 말한 것은 비장의 무기 백그라운드에 관한 것이었다.

최후의 순간 판세를 일거에 뒤집어 버리는 백그라운드를 확보해야만 안심을 할 수 있다는 것을 끝으로 그는 긴 강의를 마쳤다.

하나하나 절대 놓칠 수 없는 내용들이었기에 온 가슴으로 받아들였다.

금과옥조라는 말은 홍보부장이 쏟아낸 실전 기술에 비하면 상대도 되지 않는 것이었다.

그에게 강의를 들을 때마다 노트를 펴고 잊지 않기 위해 필기를 했다.

어떤 일이 있어도 반드시 지키겠다는 각오와 함께.

그리고 1년이란 시간이 쏜살같이 지나갔다.

『멋진 인생』 5권에 계속…

박선우 장편소설
FUSION FANTASTIC STORY

멋진 인생
Wonderful Life

태어나며 손에 쥔 것이라고는 가난뿐.

그러나 내게는 온몸을 불사를 열정과
목숨처럼 소중한 사랑이 있었다.

『멋진 인생』

모두가 우러러보는 최고의 직장이자 가장 치열한 전쟁터,
천하그룹!

승진에 삶을 바친 야수들의 세계에서 우뚝 서게 되는
박강호의 치열하지만 낭만적인 이야기!

Book Publishing CHUNGEORAM

유행이 아닌 자유추구 -
WWW.chungeoram.com

인생을 바꿔라

강준현 장편소설
FUSION FANTASTIC STORY

『복수의 길』, 『개척자』 강준현 작가의
2016년 신작!

자신이 무엇인지 알지 못하는 정신체, 염.
세상을 떠돌며 사람의 몸속으로 들어가
에너지를 얻고 나오길 반복하던 어느 날.

사고로 인한 하반신 마비, 애인의 이별 선언.
삶에 지쳐 자살하려는 김철의 몸에 들어가게 되는데……

"뭐, 뭐야! 아직도 못 벗어났단 말이야?"

**새로운 삶을 살리라,
정처 없이 떠돌던 그의 인생 개척이 시작된다!**

"어떤 삶인지 궁금하다고? 그럼 한번 따라와 봐."

Book Publishing CHUNGEORAM

유행이 아닌 자유추구 -
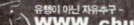
WWW.chungeoram.com

궁극의 쉐프
Ultimate chef

가프 장편소설

FUSION FANTASTIC STORY

태초의 우물에서 찾은 사막의 기적.
사람의 식성과 식욕을 색으로 읽어내는 능력은
요리의 차원을 한 단계 드높인다.

『궁극의 쉐프』

요리란!
접시 위에 자신의 모든 것을 담아내는 것.

쉐프란!
그 요리에 자신의 가치를 증명하는 사람.

"요리 하나로 사람의 운명도 좌우할 수 있습니다."

혀를 위한 요리가 아닌, 마음을 돌보는 요리를 꿈꾸는
궁극의 쉐프 손장태의 여정이 시작된다!

Book Publishing CHUNGEORAM

유행이 아닌 자유추구 -
WWW.chungeoram.com

철순 장편소설

FUSION FANTASTIC STORY

괴물 포식자

지구 곳곳에 나타난 차원의 균열.
그것은 인류에게 종말을 고하는 신호탄이었다.

『괴물 포식자』

괴물을 먹어치우며 성장한 지구 최강의 사내, 신혁돈.
그는 자신의 힘을 두려워한 인류에 의해
인류의 배신자라는 낙인이 찍히고 죽게 되는데…

[잠식이 100%에 달했습니다.]
[히든 피스! 잠들어 있던 피닉스의 심장이 깨어납니다.]

불사의 괴물, 피닉스의 심장은
신혁돈을 15년 전으로 회귀하게 한다.

먹어라! 그리고 강해져라!
괴물 포식자 신혁돈의 전설이 시작된다!

Book Publishing CHUNGEORAM

유행이 아닌 자유추구 -
WWW.chungeoram.com